博多豚骨拉麵團

HAKATA TONKOTSU RAMENS

7

開球儀式

福博相逢橋是橫跨那珂川的大型人行橋。

由於座落於武士聚居的福岡與百姓聚居的博多兩座城市交會之處，因而得名。橋梁途中設有酒杯狀的遮陽傘、瓦斯燈及花圃，景觀也相當講究，不像橋梁，倒像個小型廣場。每逢本地球隊獲勝，就有好事的球迷從這裡跳河，還曾經驚動警察與救難隊。

時間已經過了晚上八點。從天神前往博多的人、從博多前往天神的人——眾多行人在橋上往來穿梭，其中不乏下班回家的上班族，與正要去店裡上班的酒店小姐。有的人坐在長椅上休息，有的人駐足欣賞街頭藝人自彈自唱，也有外國觀光客團體在拍攝夜景，大家都在橋上隨心所欲地消磨時光。

在人群中，馬場善治把雙臂擱在相逢橋的欄杆上，倚橋眺望中洲的景色。

河面反射城市夜間的霓虹燈，閃耀著鮮豔的光芒，載著觀光客的水上巴士行駛而過。林立於河邊的攤販，今天同樣有許多帶著些許醉意的客人。

從這裡望去的中洲夜景是福岡的名勝之一，這個地方也給馬場留下深刻的回憶。

正如這座橋的名稱，從前他曾在這裡和某個男人「相逢」，而且那場相逢改變了他的人生。

那已經是距今十幾年前的事，當時馬場還是高中生。不過，那天發生的事他依然記得一清二楚。

真令人懷念——馬場瞇起眼睛。

若沒有當時的萍水相逢，或許自己不會成為殺手，至少不會戴上仁和加面具戰鬥。

遇見那個人，讓他走上仁和加武士之路。

正當他回顧過去，獨自沉浸於感傷中——

「馬場。」

突然有人呼喚他。

等待的人現身了。一名身穿西裝的男人走向他，是刑警重松。

馬場回以笑容。

「呀，重松大哥，你來得真早。」

重松來到馬場身邊，背倚著橋梁的欄杆。

「你在發什麼呆？想事情啊？」

「是呀，想起了從前的事。」

馬場含糊以對，隨即帶入正題。

「──突然找我有啥事？」

重松今天約他見面，說是「有事要談」。

特地約自己出來，究竟是為了什麼事？馬場歪頭納悶。

「抱歉，馬場。」重松神色一緊說道：「我可能也會勾起你從前的回憶。」

「啥意思？」

馬場把整個身子轉向重松，等他說下去。

重松筆直凝視馬場，低聲說道：

「那個男人不久後就要出獄了。」

聞言，馬場的臉龐瞬間僵硬起來。

──那個男人。

那個男人要出獄了。

他在腦中反芻重松的話語。一股天旋地轉的感覺侵襲而來，他心亂如麻，不知該如何回應。明明一直盼著這一天到來，現在心中卻有「總算等到這一天」和「這一天終究還是來了」兩種矛盾的思緒交錯，可說是五味雜陳。

「……」

馬場無言以對，只能沉默。

片刻過後——

「……比我想像的還要快。」

馬場喃喃說道。他好不容易才擠出這句話。

重松一臉同情地說：

「我問了認識的監獄官，聽說他在獄中表現良好，所以獲得減刑。」

「原來殺了人只要區區十三年就能重獲自由呀。」

馬場笑了。他的嘴角在抽搐，他知道自己笑得並不自然。

「……哎，我也沒資格說別人就是了。」

轉念一想，馬場又露出自嘲之色。

殺人如麻卻連監獄都沒進過的自己，沒有資格批判別人的贖罪行為。

重松不發一語，只是默默聆聽中洲的喧囂。

有件事非問不可。馬場率先開了口。

「那傢伙什麼時候出獄？」

「聽說手續已經辦好了。」重松用平靜的語氣回答：「再過一星期，那男人就能出獄。」

「一星期？」

馬場喃喃說道。時間所剩不多了。

重松低聲問道：

「……你真的要動手嗎？」

他用認真的眼神凝視著馬場。

「當然。」馬場點頭。「這是我活到現在的目的。」

這是馬場必須完成之事。

他側眼望著重松，揚起嘴角問道：

「你要阻止我麼？刑警先生。」

面對馬場的挑釁視線，重松啼笑皆非地聳了聳肩，輕輕搖頭回答：

「就算我阻止也沒用吧？你這麼頑固，根本不聽我的勸。」

「哈哈！」馬場高聲笑道：「你很了解我唄！」

不只重松，任何人都阻止不了馬場。馬場心意已決，無論發生什麼事，他非得除掉這次的目標不可。唯有這次，他絕不能失手。

「也不想想我都認識你多久了。已經十三年啦。」

「真懷念呀。」

這麼一提，自己也是因為那起案子而和重松相識。今天怎麼老是回想起往事？馬場暗自苦笑。

「當時，重松大哥還是個年輕刑警。」現在變成大叔了——這句話馬場及時吞了回去。「現在已經是老鳥啦。」

「你還不是一樣？當時只是個高中生。那時候可愛多了。」

「我現在還是很可愛呀。」

「就是這一點不可愛。」

重松抖動肩膀笑道。

已經過了十三年。這段時間發生許多事，看似漫長，又像是一轉眼。

不過，過去發生的事就好比開幕戰，對於馬場而言，接下來才是重頭戲。

「……重松大哥，我有件事想拜託你。」

馬場在臉孔前合起手掌請求。

「什麼事？」

「能不能幫我把案發時用的刀子弄到手？」

聞言，重松愣了一愣。

「刀子……你該不會是在說那把求生刀吧？」

「嗯。」

「喂喂，那是證物啊。」重松壓低聲音說道：「這麼做可是侵吞證物，被抓到我的工作就不保了。」

「拜託你想想辦法。」馬場低頭請託。

「你這傢伙……」重松嘆一口氣埋怨：「老是強人所難。」

重松不情不願地答應了。馬場知道這個男人抱怨歸抱怨，終究還是拗不過自己。他從以前就是這樣。

「抱歉、抱歉。」馬場笑著勸解：「哎，這應該是我最後一次拜託你了。」

「最後一次？」

重松皺起眉頭。

「殺掉下一個目標以後，我就要金盆洗手。」

馬場一派輕鬆地回答。

重松啞然無語。

「什麼——」

「拜拜，重松大哥。」

馬場背過身，邁開腳步。他原本打算吃碗拉麵再回去，但現在沒那個心情了。

「喂，等等！」

他無視連忙叫住自己的重松，離開相逢橋。

一局上

林憲明醒來時已經日上三竿。他懶洋洋地從充當床鋪的偵探事務所沙發上起身，揉著眼睛環顧四周。

他發現床邊有脫下的衣物，不禁不快地皺起眉頭。一大早就看見這種惹人心煩的東西，他覺得非常不舒服。

事務所依舊髒亂不堪。自己那麼努力收拾整理，為什麼會亂成這副德行？他的心情已經突破煩躁，來到不可思議的地步。莫非同居人得了不把屋子弄亂就會死的病嗎？

「——呀，小林。」

同居人的聲音傳入耳中。馬場一如平時，悠悠哉哉地對林說道：

「早安。」

馬場站在事務所角落的流理台前。林聽見猛烈的流水聲，馬場似乎正在清洗東西。

「……嗯，早安。」林克制呵欠，也打了招呼。「原來你在家？」

昨晚，馬場說重松有事找他，之後便出門了，在日期改變以後還是沒回來。他似乎是在林睡著以後回來的，林完全沒有察覺。

「你是什麼時候回來的？」

「唔？早上。」

「你跑去哪裡啦？」

「去中洲喝了一會兒酒。」

根本不是一會兒吧，明明喝了一整夜。

「和重松？」

「不是。」馬場依然面向水槽。「自己一個人。」

「哦？」

林暗想，這可真稀奇。這個男人通常是和別人一起熱熱鬧鬧地喝酒，這回居然獨自喝悶酒？或許是心情使然吧。

「肚子餓了唄？要不要吃點東西？」

聞言，林點了點頭。「好啊。」

「我正在洗米，你等一會兒。」

馬場花了幾分鐘洗米，接著打開電鍋的開關。

林從沙發上起身，伸了個懶腰。他洗把臉、換了套衣服，梳理凌亂的褐色頭髮。

「這麼一提……」林突然想起一件事。「重松找你是為了什麼事？」

「唔？哦……那個呀。」馬場用若無其事的輕鬆口吻回答：「只是委託我工作而已。」

「這樣啊。」

待一頭亂髮恢復光澤，林往沙發坐下來，打開電視。

電視上播放的是福岡地方電視台的節目，正好是天氣預報時間。今天的天氣是陰後轉雨，部分地區打雷，降雨機率為80％。畫面中的氣象播報員提醒民眾出門記得帶傘。

會下雨？林皺起眉頭。

今天他原本打算去天神購物，這下子興致全消。

一週的天氣預報也不太理想，福岡、佐賀、熊本、長崎都是成排的雨傘記號。根據氣象播報員的說法，受到低氣壓和鋒面影響，這個禮拜九州北部都會持續降雨。

天氣預報之後是體育新聞，播報的幾乎都是本地的熱門職棒球隊福岡軟銀鷹的新聞。某位資深選手宣布將在這個球季結束之後退休，電視上正在播放他召開記者會的片段，以及他回顧二十年職棒生涯而感慨哽咽的畫面；除此之外，還有他二十年前入團記者會時的青澀模樣，與日本大賽中單場敲出三發全壘打的全盛時期影片。

見狀——

「是麼？這個人也要退休了……」

馬場凝視著電視，感慨良多地說道。

「這個時期的傷心話題真多呀。」

進入十月以後，球季邁入尾聲，聯盟排名與個人成績隨著例行賽結束而確定，選手也必須開始考慮今後的出路。最近的職棒新聞裡，常常可以看見各大球團的選手身穿西裝宣布退休的畫面。

「他是從我小時候就開始活躍的人，想想真是感傷呀。」

馬場垂頭喪氣地說道。

身為球迷，見到長年支持的選手脫下制服時的心情，是林難以揣度的。

「話說回來，他也真厲害。」林凝視著畫面中沐浴在鎂光燈中的選手說道：「居然打了二十年的棒球。」

「是呀。」

職業世界是很嚴苛的，尤其是運動選手，若是未能締造佳績，馬上會被淘汰。年齡和過去的成績全都無關緊要，唯有現在的實力才能決定評價。

再說，運動選手的職業生涯其實也不算長，有時甚至會因為不幸負傷而被迫提早退休。

「欸，」林突然問道：「你當殺手幾年了？」

「唔……差不多九年唄。」馬場屈指計算「小林呢？」

「七年。」

距離二十年還差得遠。

話說回來，七年和九年已經很難能可貴。殺手世界正如其名，要生存並不容易。林常覺得這是個難以長久從事的行業，因此格外尊敬剛田源造這樣的同行——雖然他已經退休了。

看了電視一會兒，突然響起一道電子音，是電鍋在響，米飯似乎已經煮好。「嘿咻！」馬場從沙發上起身。

馬場在桌上擺了兩個碗。剛煮好的米飯熱氣騰騰，看起來十分可口。

在白飯鋪上幾乎快滿出來的明太子後，馬場雙手合十，說聲「我要開動了」。

「欸，小林。」馬場一面吃飯，一面說道：「明太子已經用光了，明天買一些回來唄。」

「是、是。」

我知道啦——林在心中喃喃說道。

馬場以明太子五年份這等胡鬧的酬勞為代價出手搭救林，是在距今一年前的事。

自此以來，馬場吃的明太子全都是由林買單，而他的消費量著實讓林大吃一驚。這個明太子中毒者，總有一天會因為鹽分攝取過多而進醫院。

「……欸。」林突然感到好奇，問道：「你的父母從前也喜歡吃明太子嗎？」

林姑且用了過去式，而馬場並未訂正。

馬場點頭說：

「嗯，我爸也很愛吃。但我媽在我出生不久後就死了，所以我不太清楚。」

原來如此，他愛吃明太子是遺傳自父親啊。這個男人熱愛棒球，搞不好也是受到父親的影響。

「這就叫有其父必有其子。」

林想像著馬場父子倆坐在餐桌前大快朵頤明太子的模樣，不禁噗哧一笑。馬場也一臉開心地瞇起眼睛說：「是呀。」

「你爸叫什麼名字？」

「一善（KAZUYOSHI）。」

「KAZUYOSHI？」

「嗯。數字的『一』，善惡的『善』。」

「他是個怎麼樣的人？可怕嗎？頑固老爹型的？」

「不，他是很溫柔的人，平時總是笑咪咪，很少生氣。哎，可是生氣時很恐怖。」

「哦？他對你發過脾氣嗎？」

「當然呀。從前我不愛讀書，只顧著打棒球，考試成績掉到全年級倒數第三名，當時他發了好大的脾氣。」

連續劇裡也常看見這種老套情節。林暗想，馬場家雖然是單親家庭，但其實很普通嘛。

馬場把頭從碗裡抬起來，看了林一眼。

「怎麼了？小林。」他的眼睛帶著笑意。「今天的問題怎麼這麼多？」

問題多——理由顯而易見，是因為前些日子的事件。

經歷那場毒品風波後，林體認到一件事——自己對這個男人一無所知。馬場不愛談論自己，林也從未主動詢問。林一直覺得反正是外人，不了解也無妨。

不過，現在林認為自己應該多了解馬場。如果自己早點了解這個男人，他就不會失去充滿父親回憶的全壘打球。

以後林不會再客氣了。他決定干涉到底，也已經做好扯上關係的覺悟。

林嘟起嘴巴。「不能問喔？」

「不，可以呀。」

馬場再次動筷，吃光了午餐。林也依樣畫葫蘆，把明太子切片放入口中，和著米飯一起咀嚼。後勁強烈的辣味在舌頭上擴散開來。

馬場邊看電視邊閒談，林也隨意答腔。

一如平時的午餐，一如平時的電視節目，一如平時的對話。不知幾時間，變得理所當然的光景。

已經一年啦——林在心中喃喃自語。

「事情是發生在一年前。」

委託人娓娓道來，復仇專家次郎探出身子。

今天為了和委託人面談，次郎來到市內的家庭餐廳，助手美紗紀也與他同行。

時值午餐時間，店裡相當熱鬧，攜家帶眷的客人很多，小孩到處嬉鬧。隔壁的座位有個年齡與美紗紀相仿的小孩，正向母親吵著要吃冰。

委託人今年三十歲，容貌秀美，一身米黃色外套與窄裙打扮十分適合她，給人一種女強人的印象；包包和項鍊都是名牌貨，經濟能力之高足可窺見一斑。順道一提，她還是單身。

次郎和委託人各自點了杯咖啡，美紗紀則是點了柳橙汁。待飲料送上之後，委託人再度開口說道：

「我參加了福岡市內舉辦的相親派對。」

「……相親派對？」

「對。說是相親派對，其實沒那麼正式，只是『有結婚打算的男女互相認識交流的聯誼活動』，是非常輕鬆隨興的場合。」

委託人繼續說明。

在福岡，幾乎每天都有大型聯誼或相親派對等活動，委託人參加的是每隔幾個月定期舉辦一次的派對。自從大學畢業進入公司以來，委託人一直拚命工作，直到一年前才安定下來，開始考慮戀愛與結婚，於是便報名參加了那場派對。

派對是採取立食形式，在大名某家裝潢典雅的餐廳包場舉辦。她和某個向她搭訕的男性相談甚歡，派對結束後，兩人又一起前往另一家店。

「當時我喝醉了，記不太清楚……」

委託人先如此聲明，才開始描述那個男人。她只記得對方相貌英俊，穿著打扮也很有品味，卻不記得臉部特徵。男人自稱是管理顧問，在二十六歲時獨立創業，最近工作好不容易安定下來，開始考慮結婚，因此參加了這次的派對。

心境相同的委託人對於這個男人產生了強烈共鳴。男人溫文有禮，談吐不俗，她度過一段快樂的時光，喝了不少酒。兩人前往另一家店以後，她又繼續喝酒，喝得爛醉如泥。

當她醒來時，發現自己躺在飯店床上，男人不見蹤影。名牌錢包和包包隨著昨晚的記憶消失無蹤，就連身上的手錶也不見了。

她完全想不起發生什麼事。一覺醒來，飯店裡只剩下她一個人，貴重物品全都不翼而飛。

那天她喝了不少酒，或許錢包、包包和手錶都是在她醉得東倒西歪時遺失的。但是，她總覺得不對勁。和她交換聯絡方式的男人——他的痕跡消失無蹤。任她翻遍了智慧型手機，也找不到男人的電話號碼和電郵信箱。

「最近東京發生的『迷魂大盜案』，不是引發熱烈討論嗎？」

次郎點頭，肯定委託人的話語。「對。」

最近，東京接連發生迷魂大盜灌醉女性，趁機竊取財物的案子，電視上也報導過好幾次。

「看了報導以後，我才想到，或許我當時也是碰上迷魂大盜。」

次郎沉吟道：「原來如此。」

「那只手錶是過世父母留給我的貴重紀念品……」女性垂下頭，緊咬朱唇。「可是，我沒有遭竊的證據，而且事情過了很久，無法向警察報案……」

一想到自己或許也遇上迷魂大盜，她便難以忍耐，卻又無計可施。後來，經由某個熟人的介紹，束手無策的她決定委託復仇專家處理這件事。

她向次郎深深低下頭說：

「我要向犯人報仇。請幫我搶回被搶走的東西。」

「話說回來，真是太過分了。居然把女人灌醉，偷走人家的財物。」

次郎說道，美紗紀也點了點頭。「真的，爛透了。」

委託人回去後，次郎看了時鐘一眼。今天預定在這家店和另一個委託人見面。時間是下午兩點，委託人差不多該到了。次郎和美紗紀繼續留在家庭餐廳裡等候。

幾分鐘後，委託人來了，是位女性。

「幸會，我是復仇專家。」

他們互相打招呼，面對面坐下來。委託人大約三十出頭，從事行政工作。

「您要委託我們什麼事？」次郎立刻切入正題。
「我要報復偷我錢的犯人。」委託人回答。
接著，她開始敘述事情的始末。
「老實說，大約在半年前，我參加了一場相親派對……」
聞言，次郎和美紗紀瞪大眼睛，面面相覷。

一小時後，面談結束，委託的女性離去。
次郎目送第二位委託人離去，換了個座位，和美紗紀面對面坐下來，看著菜單問道：「美紗，妳要不要吃冰？」
「不，不用了。」
「要不要再點一杯果汁？」
「不用了。」
次郎把菜單放回桌上，拄著臉頰，思考這次的委託。
接連兩件相似的委託找上門來。天底下居然有這麼湊巧，或者該說不可思議的事。
兩位委託人描述的情節都一樣。被害女性主張自己「或許遇上迷魂大盜」，向復仇專家提出委託，但她們都不記得對方的特徵。

犯人的名字、年齡、身高、相貌特徵……任何線索都沒有，就算要尋找犯人也無從找起。

「不知道犯人是誰，要怎麼復仇啊……真傷腦筋。」

次郎嘆了口氣。

若是借助情報販子，同時是高明駭客的榎田之力，或許可以透過監視器畫面找出和被害人在一起的男人，但光是在一起，不足以證明他偷了東西。案子是在飯店客房這種密室裡發生的，沒有目擊者，關鍵的被害人也毫無記憶。

從這般俐落的手法判斷，犯人應該是老手，被害人想必不只兩人，還有其他人受害，甚至搞不好是以迷魂取財為業的職業罪犯。若是如此，犯人或許還犯下其他案子，只是沒被報導出來而已，說不定警方掌握了什麼證據。去找當刑警的重松問問看吧——次郎如此盤算。

「總之，先找重松和榎田商量看看吧。」

次郎提議。

「好，我們分頭進行。」

美紗紀一本正經地點頭。

「……咦？分頭進行？」

「嗯，我去找小重，你去找榎田。」

「我們一起去嘛。」

「這樣效率比較好。」

「不行。」

次郎一口否決。

「為什麼？」美紗紀抗議。「我想獨自行動。」她鼓起臉頰說道：「我不要老是當你的跟班。」

「為什麼？」

次郎歪頭詢問，美紗紀垂下頭來說：

「……現在這樣和以前根本沒兩樣，我完全沒幫上你的忙。」

她對於現在扮演的角色似乎有所不滿。

「沒這回事。」

次郎立刻否定，但美紗紀不相信，目不轉睛地凝視著次郎。

「不用擔心，以後會讓妳獨自行動的，等妳再長大一點。」

「……」

「在那之前，妳先在我身邊學習工作的方法。」

美紗紀嘟起嘴巴叼著吸管，咕嚕嚕地發出有失禮儀的聲音，吸光剩下的柳橙汁。她好像還是無法接受。

當然，次郎明白美紗紀的心情。幫不上忙就會被拋棄的想法深植她的心中，留下巨大的陰影。

她的出身背景相當特殊。小時候，她置身於惡劣的環境，現在又被自己這樣的不法之徒扶養。次郎知道放手才是正確的選擇，卻又離不開她。

以父親的身分，以復仇專家的身分，將她培養成獨當一面的接班人——經過那件事後，次郎如此下定決心。

再過十幾年，自己應該就會讓美紗紀全面參與復仇專家的工作；如果是像這次這樣的委託，或許還會派她獨自潛入派對，擔任誘餌。身為父親，固然不希望她遭遇危險，但也必須增長她的經驗，培養她遇險時脫困的能力。

不過，現在時候尚早。

次郎把咖啡送到嘴邊時，突然停下動作。

——潛入派對，擔任誘餌？

他猛然醒悟。

「原來還有這一招啊！」次郎叫道。

重松一臉疲憊地走在中洲，大大嘆一口氣。

刑警這份工作真的成天在走路。今天也一樣，四處奔走，搞得自己筋疲力盡，卻毫無收穫可言——這個事實讓重松的精神更加疲累。

每到傍晚，那珂川沿岸的道路就熱鬧起來，攤販逐漸聚集，一齊準備開張。重松在其中發現熟人經營的攤車「小源」，走上前去。

他鑽過紅色的布簾，打了聲招呼。

「你好，源伯。」

老闆剛田源造正坐在椅子上看報紙。他抬起視線，熱絡地說道：

「哦，這不是重松麼？怎麼了？」

「我剛好來到附近，順道來看看你。」

「怎麼？蹺班呀？」

聽到源造一針見血的話語，重松笑道：「穿幫啦？」今天為了問案，他走遍這一帶，現在正想歇歇腳。

重松在長板凳正中央坐下來。

「最近過得怎麼樣？很忙麼？」

源造轉過頭來詢問。

「哎，是啊。」重松嘆一口氣。「最近正在追查迷魂大盜。」

「哦？迷魂大盜呀……這麼一提，東京好像發生過同樣的案子。」

「福岡也發生了。是正在流行嗎？」

「犯罪也有流不流行的麼？」

東京的犯人已經被捕，但是這裡的犯人卻連尾巴都還沒露出來。

「話說回來，犯人的手法實在很俐落。」重松聳了聳肩，表示自己束手無策。「線索太少，我正在傷腦筋。從小酌酒吧到特殊浴場，我跑遍中洲的店，結果還是沒得到任何有用的情報。」

關鍵的被害人被灌得爛醉如泥，完全不記得犯人的長相；監視器的影像也不清晰，無法繪製犯人的肖像畫。勉強可充當證據的，只有犯人給被害人的名片上採到的指紋，但是前科犯之中並沒有指紋相符的人。

「真是辛苦你。」源造將報紙折起來，面色凝重地沉吟。

源造在看的是今天出刊的體育報，版面上印著大大的「現役選手退休」、「從鷹而終二十年」等文字。

這麼一提，鷹隊的資深選手將在這個球季結束之後退休，今天福岡的地方體育新聞都在討論這個話題。

「那個三冠王也要在今年退休啦。」

重松感慨良多地說道，源造點頭附和。

「是呀，他可是鷹隊黃金時期的大功臣。」

任何明星選手都有退休的一天。對於球迷而言，這是再感傷不過的事。

「對了，說到退休……」重松突然想起前些天的事。「那小子好像也要退休了。」

「那小子？」

「馬場啦，馬場。」

源造瞬間露出驚訝的表情，探出身子詢問：「真的？」馬場似乎還沒有向源造提起這件事。

「他說殺掉下一個目標之後，就要金盆洗手。」

「為啥突然要退休呀？」

「那個男人快出獄了，他應該就是馬場的最後一個目標吧。」

馬場恨不得殺之而後快的男人即將重見天日，他八成是打算和那個男人做個了結之後就金盆洗手。

「哦，原來如此。」源造點頭。「哎，我也知道這一天遲早會來……」

源造的聲音顯得相當落寞。對於一路看著馬場從新人變成老手的源造而言，馬場的退休想必令他感慨良多。

再說，馬場才二十八歲，要退休還太早了。

「太可惜了，他明明還可以活躍很久。」

仁和加武士也幫警方不少忙。他殺了許多法律無法制裁的壞人，身為殺手殺手，成為抑制暗殺業界的一股力量。這是始於上一代的交情，算算已有幾十年。

「如果可以，我希望他繼續做下去。」

這是重松的真心話。

說歸說，身為刑警的重松無法阻攔打算金盆洗手的人。

「真的，少了那小子，我的生意大概也不用做啦。」

源造如此開玩笑，但重松明白他會尊重馬場的意願。

「不知道那小子以後打算怎麼辦？」

重松無法想像不當殺手的馬場會是什麼模樣。

聞言，源造也歪了歪頭。

「誰曉得？」

「他還會繼續當偵探麼？」

「我個人希望馬場能夠結婚，建立幸福的家庭。」

「說不定他會是個好爸爸呢。」

「問題是他現在連個對象也沒有。」

重松和源造望向對方，放聲大笑。

兩人在當事人不在場的狀況下擅自描繪他的未來。雖然知道這是多管閒事，但他們就是忍不住操心。

「哎，依那小子的個性，應該會一直打棒球吧。就算變成老頭子，也還是繼續上場打球。」

的確。源造也笑道：「只要有棒球可打，那小子就很幸福了。」

然後——

「只能祈禱馬場的引退賽能夠順利進行了。」源造不經意仰望天空，喃喃說道：

「……好像要變天了。」

一局下

新宿辦公大樓密集區的黑色大樓。

乍看之下與普通的公司大樓沒有兩樣，但裡頭進行的卻是關乎犯罪的生意。

——殺人承包公司，俗稱 Murder Inc.。

這是一間以外國的真實犯罪組織為原型的公司，執行的業務正如其名，就是「殺人」。他們接受客戶委託，進行暗殺，獲取酬勞。客群分布極廣，從黑道到政經界、演藝圈的名人都在其列。

Murder Inc. 在全國各地都有分部，所有員工今天依然流血流汗、拚命工作著。

越南出身的阮也是其中之一。他在這家公司已經工作七年，不知不覺間也成為中堅分子。

阮所屬的部門近似於一般公司的人事部，主要的工作是招募新人與解僱員工——這是好聽的說法，實際上的業務更為駭人。收拾逃離公司、企圖報警或打算金盆洗手的危險分子，也是他們的工作。其他部門總是戲稱他們為「逃忍暗殺部」。

阮午休歸來時，同事全都外出了，辦公室裡只有自己和正在通電話的上司。他回到自己的位子上處理文書工作，視線不經意地與深處座位上的上司交會。上司看著他露出賊笑，令他萌生一股不祥的預感。

「阮，過來一下。」

接著，阮被點名了。上司放下話筒向他招手，他站了起來。

上司看著來到桌子前的阮，笑著說道：

「你很閒吧？」

這個部門裡沒有半個閒人。為了解決整個公司的人手不足問題，所有人都四處奔波，忙著招募殺手。

阮不快地皺起眉頭反駁：

「怎麼可能很閒？」

「說你很閒。」

「我很忙。」

「就當作你很閒吧。」

「我說了，我很忙。」

「這就拜託你。」

上司硬塞了一張紙給阮，上頭是某個男人的大頭照和經歷，似乎是 Murder Inc. 員工的個人資料，但阮從未在這棟大樓裡看過這張臉孔。

「這傢伙是誰？」

「別所暎太郎。」

上司大模大樣地坐在椅子上，繼續說明：

「從前是我們公司的員工，在分部工作，是個很優秀的男人，卻在十三年前突然逃離公司。」

「十三年前？」阮歪頭納悶：「都已經那麼久，放著不管也沒關係吧？」

「就是不能放著不管啊。這是上頭的命令。詳情寫在那份文件，你拿去看吧。」

「只要解決這傢伙就行了？」

聽阮這麼問，上司補上一句：「在他把該招的全招出來以後。」

Murder Inc. 表面上像是一般公司，其實是神祕的地下企業，向來極力避免情報外洩，以免公司的違法情事曝光，因此格外留意員工的動向。

十三年來，別所一直逍遙在外，有的是機會向人透露公司的事，所以得先確認他洩漏了多少公司機密，以及當年為何背叛公司。審問員工，嚴刑逼供之後讓對方從世上消失——在這個部門，這是常見的工作。

「那麼……」阮詢問：「這個男人現在在哪裡？」

「福岡。」上司回答。

換句話說，必須出差。

又塞這種麻煩的工作給我——阮暗自咂了下舌頭。

之後，阮立刻收拾行李，訂購機票。他已經很久沒有出差。搭乘羽田機場飛往福岡的飛機約一個半小時，在他小睡的期間便抵達了福岡機場。

從機場搭乘地下鐵，五分鐘即可抵達博多站，不過是轉眼間的事。如此便利的交通讓阮好生欣羨。

他從地下鐵出口搭電扶梯上樓，來到JR博多站的大廳。大廳內四處是群聚的外國觀光客，中文和韓文此起彼落，宛若身在外國。

牛角麵包的甜美香味飄過來，收銀台前大排長龍。這家店素以牛角麵包聞名，聽說戚風蛋糕也是絕品，回去的時候順便買一些吧……啊，對了，還得買些當地名產給部門裡的上司和同事。買「博多通饅頭」應該就行了吧。

在阮一面思索一面拉著行李箱前進時，突然想起夏天造訪福岡時的事。這麼一提，當時就是在這一帶追殺逃離公司的員工齊藤。那時有人出面阻撓，花費他不少工夫。沒想到居然得在電車裡戰鬥——阮回憶當時，不禁露出苦笑。

——但願這次的工作能夠順利解決……我可不想再被人阻撓了。

阮在心中祈禱，走向筑紫口。

飯店已經事先訂好，走出筑紫口，商務飯店近在眼前。阮辦理入住，一進客房立刻往床鋪躺下來。這是狹窄的單人房，只不過停留一個禮拜，他不想鋪張浪費，這樣的房間就夠了。當然，他還是會報公帳。

阮躺在床上，再次瀏覽上司給的資料。資料上記載著目標的詳細經歷。

他在腦中重新整理資訊。

這次的目標名叫別所暎太郎。

現年四十一歲，沒結過婚，至今仍是單身。

在設施長大，無父無母，但是有個年幼十歲的弟弟。

別所少年時代便是搶劫、竊盜等輕罪累犯，在十八歲那年進入 Murder Inc.，應徵動機是「要賺錢養活弟弟」。

別所是在福岡出生長大，便被分派到 Murder Inc. 的福岡分部。他的工作態度良好，成績優秀，只要接下委託，必會排除萬難達成任務，在公司內的評價很高。忠實遵守客戶要求似乎是他的信條，因而有了「工匠」的外號。十年間，他的評價始終如一。

然而某一天，別所突然不來公司上班了。

不久後，他便犯下殺人罪。

別所被警察逮捕，入獄服刑。根據資料，他的刑期即將屆滿。

原來如此，所以公司才放任別所逍遙在外十三年。饒是殺人承包公司，也無法對監獄裡的男人下手，只能乖乖等他出獄。如今，出獄的時刻終於到來，解決別所的工作落到阮的頭上。

話說回來，實在不可思議。

逃離公司之後，別所又在其他地方殺了人。

到底是怎麼一回事？阮閱讀資料，歪頭納悶。

出於罪惡感，不願繼續殺人而逃離公司的員工多不勝數，並不稀奇。

然而，逃離公司以後別所又殺了人，代表他並非因為厭惡「殺人」而離職。莫非是打算脫離 Murder Inc.，轉行當自由殺手？

——說到自由殺手，那個男人最近不知過得如何？

從前的同事突然浮現於腦海中。許久沒有聯絡，阮拿出手機，打算撥一通電話給對方。

他立即撥打電話。

『——幹嘛！』

電話一接通，對方的怒吼聲便直刺鼓膜。

聽起來活像要找人吵架的北九州腔令人懷念。他還是老樣子啊，阮露出苦笑。

「嗨，猿，好久不見。」

『……啊？這個聲音，是阮哪？』

通話對象是猿渡俊助。

他和阮是在同一時期進公司，原本是Murder Inc.的菁英員工，但是生性不適合當上班族，向上司撂下狠話之後便辭職，現在改當自由殺手，將據點轉移至家鄉北九州，活躍於檯面之下。

無論如何，他似乎過得不錯，這是好事。

「你在忙啊？抱歉。」

『不，沒有哪。』

猿渡如此回答，電話另一頭卻鬧哄哄的。猿渡附近傳來男人求饒的聲音：『求求你，饒了我，別殺我。』看來他似乎正在執行暗殺工作。

「最近過得如何？工作還順利嗎？」

『馬馬虎虎，現在正在殺雜碎。』隨後，傳來男人的死前慘叫。『——結束了。你咧？』

「忙得昏天暗地。公司出了不少麻煩。」

聞言，猿渡嗤之以鼻。『哈！幸好咱不幹了。』

「有的部門人手不足，根本無法運作。再這樣下去，公司就完蛋了。」

『快點倒一倒吧。』猿渡的聲音相當幸災樂禍，看來他真的很討厭公司。

這回阮出差，還有另一個目的。上司交代他收拾別所之餘，順便在福岡招攬有本事的殺手。

「欸，回來吧，猿。」

阮認識的殺手中，沒有人的本事比得上這個男人。如果他肯回來，公司不知道有多輕鬆？

「公司隨時張開雙臂歡迎你。」

『不要。』

猿渡一口拒絕，阮聳了聳肩。他就知道會被拒絕，但仍戀戀不捨地補上一句：

「哎，你考慮看看吧。」

『——你突然打電話給咱，有什麼事？』

「哦，對了、對了。」

阮切入正題。他不光是為了閒聊而打這通電話。

「老實說，我現在也在福岡。」

『幹嘛不早說哪。』

「很久沒見面了，一起吃飯敘敘舊吧。」

可以一面喝酒，一面向猿渡吐公司的苦水。

「我會再聯絡你。」說完，阮掛斷電話。

二局上

正如天氣預報所示，今天的福岡天空依然是一大早便灰濛濛，隨時可能下雨。

今天是每週一次的業餘棒球日，下午開始練習。林前往博多站，打算趁著上午逛街購物。

購物是林的興趣之一。他在車站的購物廣場看了約兩小時的秋裝，但今天並未找到中意的款式。偶爾也會遇上這種狀況。

他改去雜貨鋪買了紅色髮圈和花飾髮夾。這些東西在練習時用得上。打棒球的時候，長髮很礙事。

購物完後，林原本打算回家，又想起自己忘記一件重要的事：馬場向他討明太子。幸好想起來了——林鬆一口氣。要是忘記買，那個男人又會囉哩囉唆。

林前往車站地下街的「福屋」直營店，按照往例買了幾份小辣、無添加色素的明太子。

回到馬場偵探事務所時，時間已經過了十二點。今天的練習是從下午一點開始，必須快點準備。

「我回來了。」

林打開事務所的門。

「呀，你回來啦。」

雖然不見人影，但馬場悠哉的聲音傳過來。他似乎在隔間板的另一頭。

「我買明太子回來了。」

林首先走向冰箱，將剛買回來的商品塞進裡頭。

「話說回來，你明太子會不會吃太多啦？最好節制一點──」

林轉過身，把視線移向馬場的一瞬間，立刻打住話頭。

咦？他歪頭納悶。

換作平時，馬場早已換上練習衣，今天卻不然。他依然穿著家居服，完全沒碰球具，而是默默將換洗衣物塞進大大的波士頓包裡。

「幹嘛收拾行李？你要出門嗎？」

林詢問。

「嗯。」馬場並未停下打包行李的手。「去自我訓練一下。」

「自我訓練？」

林一頭霧水地皺起眉頭。

「那今天的練習怎麼辦？」

「我不去了。」馬場立即回答，將包包扛在肩上。

今天吹的是什麼風？林睜大眼睛。這個男人居然會蹺掉豚骨拉麵團的練習？

「我要出門一陣子。」

「什麼時候回來？」

「唔，不知道。」

什麼跟什麼？林皺起眉頭。

「拜拜，小林。」

馬場轉身離開事務所。「喂！」林出聲呼喚，但門先一步關上。

「那傢伙是怎麼搞的……」

林被獨自留在屋裡，目瞪口呆，一臉茫然。

「……搞什麼鬼啊，真是的。」

——虧我還買了這麼多明太子回來，要怎麼解決啊？混蛋！

林咂一下舌頭，接著把剛買回來的明太子全部從冷藏庫移到冷凍庫中。

今天是每週一次的練習日，但天公不作美，天氣並不適合打棒球。天空中烏雲密布，隨時可能下雨。

「……好像要變天了。」

福岡市內的球場上，擔任業餘棒球隊「博多豚骨拉麵團」教練的源造仰望天空，嘆了口氣。

「欸，你看體育新聞了嗎？那個人今年要退休耶。」

「嗯，昨天的新聞都在報導這件事。」

「我從小學的時候就是他的球迷，震驚得哭出來呢！」

「次郎大哥小學的時候，是幾年前啊？」

「我想想……大約十年前？」

「太扯了啦！」

到了開始練習的時間，隊員全都聚集在休息區裡談天說笑。

「不曉得他退休以後要幹什麼？」

「當鷹隊的總教練？」

「在那之前要先當教練吧。」

「哎，說不定會先當解說員一陣子。」

說來遺憾，今天不只天氣，連練習參加率也不佳，出席的只有捕手重松、游擊手林、中外野手榎田、左外野手次郎，還有候補的美紗紀，其他成員全都缺席。只有這些人，該安排什麼練習？源造抱頭苦惱。

首先做暖身運動，小跑步過後是伸展操，接著傳接球。林和榎田、次郎和重松一組，互相投球暖肩；源造也親自出馬，擔任美紗紀的搭檔。

待暖完身子之後，便進行短打練習，隊員拿著球棒和球走上球場。源造擔任投手，隊員輪流站上打擊區，抑制力道，以觸擊方式將源造投出的球打成滾地球。絕大部分的隊員都得心應手，只有初學者的林和美紗紀常常把球打成小飛球。

一人三球，打完三輪以後，便暫時休息，補充水分。今天參加人數很少，不方便練習守備，因此源造打算以打擊訓練為主。

緊接著進行下一項練習。

「好，接下來是拋打練習。」

待打者進入打擊區，教練源造便從一旁拋球給打者打擊，其他隊員各就守備位置，處理飛來的球。這是基本的打擊練習，同時可以鍛鍊守備，可說是一石二鳥。

聽了教練的指示，隊員齊聲應和，就地散開。

然而下一瞬間，天空倏地一閃，隨即雷聲大作。

「糟糕，打雷了。」

榎田的話才剛說完，便下起傾盆大雨。

因為球場遭受雷擊而引發的死亡意外事故不少，源造立即中斷練習，讓眾人到休息區的屋簷下避雨。

淋成落湯雞的隊員們各自用毛巾擦拭身體。

「看樣子，雨是不會停了。」源造望著天空喃喃說道。

「今天還是中止練習比較好吧？」

次郎提議，源造也同意：「是呀。」

雖然還有室內練習這個選擇，但今天參加人數不多，沒必要勉強繼續練習，不如直接解散。

「欸，這麼一提……」榎田一面小心翼翼地擦拭淋濕的蘑菇頭一面開口：「今天馬場大哥沒來耶，真稀奇。」

平時總是率先參加的隊長，今天難得沒來練習。

「哦，」回答的是重松。「因為今天是那個日子。」

「什麼日子？」

林脫下棒球帽，解開用紅色髮圈綁起的頭髮問道。

「哦，那個日子呀？」源造也想起來了。「一年過得真快。」

「到底是什麼日子啦！」

「馬場他爸爸的忌日。今天他大概是去掃墓吧。」

馬場的父親是在十三年前過世的。今年也到了這個季節啦——源造如此暗想。轉眼間又過了一年。

「……掃墓？」

林似乎仍有疑惑，歪頭納悶。

「馬場他爸的墓地在很遠的地方嗎？」

「在外縣市，不過不算遠，距離博多大概三十分鐘的車程。」重松反問：「怎麼了嗎？」

「不，只是問問。因為那傢伙拎著大包行李出門——」

說到一半，林打住了。他察覺美紗紀一直盯著自己，皺起眉頭問：

「幹嘛？看什麼看？」

美紗紀指著林的臉說：「那個髮夾好可愛。」

花飾髮夾在林的瀏海上閃閃發光。

「……哦，這個啊？」

林把髮夾從頭髮上拔下來，遞給美紗紀。「給妳。」

美紗紀似乎沒料到林會送給她，大吃一驚，瞪大眼睛看著林。

「……沒關係嗎？」

「沒關係，反正是便宜貨。」林粗魯地用毛巾擦拭潮濕的頭髮，冷淡地回答：「好好使用吧。」

美紗紀垂下頭來，喃喃說道：「……謝謝。」

這段溫馨的對話令人不禁莞爾。

換作是一年前剛入隊時的林，應該不會這麼做，八成一句「看什麼看！臭小鬼」就帶過了。

他變了。這應該也是同居人的功勞吧。

「你長大啦……」

源造忍不住喃喃說道，林嗤之以鼻地說：「又來了？」

雨勢越來越強，雷也打個不停，今天的棒球練習只好中止，就地解散。

一想到要冒雨回去就覺得累，林獨自在休息區裡垂頭喪氣地收拾物品。

「——欸，林。」

此時，次郎出聲呼喚，手上還拿著車鑰匙。

「我送你回家吧。」

「真的假的？可以嗎？」

「算是髮夾的謝禮。」次郎眨了眨眼。「而且我有事要跟你商量。」

恭敬不如從命，林道了聲謝，坐進次郎的迷你廂型車後座。美紗紀已經坐在副駕駛座上。

待次郎發車前進之後，林問道：「你要跟我商量什麼？」

「有件工作想拜託你。」次郎回答，臉依然朝著前方。「我接下向迷魂大盜復仇的委託。」

「迷魂大盜？」

「迷昏或灌醉被害人，竊取財物的強盜。我的兩個女性委託人都被擺了一道。」

「什麼跟什麼啊？爛透了。」

居然對意識不清的女人下手？真是卑鄙無恥的傢伙，林不禁皺起眉頭。說歸說，也不是直接動手硬搶就很光明正大。

「兩件同樣的委託接連找上門來。」

「這可真稀奇。」

「嗯，未免太湊巧了，就像是老天爺的安排。所以我有一種不祥的預感，這樁迷魂大盜案或許和什麼重大事件有關聯。」

林不相信老天爺的存在，但他能夠理解次郎的意思。確實，這件案子不容忽視。

「美紗，麻煩妳。」

次郎說道，副駕駛座上的美紗紀默默地點頭。

她代替次郎從包包中拿出檔案夾遞給林。

「來，這是案子的資料。」

林接過檔案夾，打開觀看。

「我請榎田調查的。」

檔案夾裡除了案情的相關資料以外，還夾著兩張照片，似乎是列印出來的監視器影像，記載著日期與時間。兩張照片上都是相依而行的男女，但是畫面不清晰，看不清相貌。

「上頭的女性就是被害人。那是案發當天的照片。」

「這麼說來，旁邊的男人就是犯人？」

「八成是。那人用的信用卡好像也是偷來的，查不出他的身分。照片太模糊，用臉部識別軟體也無法辨識。」

「原來天底下也有那個蘑菇頭查不到的事。」

「他說已知情報太少，無能為力。」次郎回答，嘆了口氣。「如果照片清晰一點，或許還有辦法調查。」

確實，縱使是榎田，想靠模糊的照片與被害人模稜兩可的證詞查出犯人的身分，應該也很困難。

「沒有其他線索嗎？」

「我問過重松，他說警方也接獲了同樣的報案。」

檔案夾裡還有第三個女性的資料。「就是這個女人報的案？」

林瀏覽被害人的資料。資料上記載了三名女性的經歷，並附有大頭照。三人都是三十幾歲，單身，在大企業工作。另外還有關於案情的詳細證詞。

「手法和被害人特徵都很相似，是同一個人幹的？」

「八成是。」次郎點頭。「聽重松說，犯人給被害人的假名片上驗出了指紋，可是前科犯資料庫中沒有符合的，所以查不出身分。這代表犯人沒有犯罪前科，不過應該只是沒被逮到而已。」

「原來如此。」林看著照片，喃喃說道：「到頭來，關於犯人的已知情報只有這些照片和指紋？」

「還有一點。」

次郎補充說道：

「所有被害人都參加過同一場活動。」

「活動？」

「相親派對。」

林皺起眉頭問：「相親派對？那是什麼？」

「你不知道？」說話的是副駕駛座上的美紗紀。「就是想結婚的男女聚在一起互相認識找對象的派對啊。」

「哦，原來是那個。」

林這才想起來。這麼一提，以前看過的戀愛連續劇裡，也有女主角參加這類派對的情節。

「……妳這個小鬼懂的還真多耶。」

林半是佩服、半是傻眼地瞥了副駕駛座一眼，又把視線移回駕駛座。

「這麼說來，被害人很可能是在參加那場相親派對的時候被犯人盯上？」

「嗯，八成是。」次郎點了點頭。「榎田入侵主辦公司的伺服器，清查過去的參加者，果然不出所料，有個男人是使用假名報名。他每次都會換名字。」

「那傢伙很可疑。」

一定幹了什麼虧心事。

「更進一步調查，發現下次預定舉辦的派對也有一個男人使用假名報名。榎田說全都是從同一個終端設備連線報名的。」

追蹤以後發現，連線的ＩＰ來自於博多某家網咖的電腦。由於對方並非網咖的會員，無法查出他的身分。

不過，下次犯人現身的地點已經昭然若揭。

號誌轉為紅色，次郎停下車，操作智慧型手機。「我現在傳郵件給你。」

隨後，林的手機震動起來。他收到次郎傳來的郵件。

打開一看是一個網址，點下網址便連到那個相親派對的報名頁面。

「這就是那個派對？」

「對，犯人預定要參加的相親派對。」

原來如此——林點了點頭。他終於明白次郎「想拜託的工作」是什麼。

「換句話說，你要我潛入這個派對釣魚？」

「沒錯。」

除非是警戒心格外強烈的人，否則犯罪者是不會在犯案順利的時候改變手法。犯人很可能會繼續依循相同模式犯案，參加同樣的派對物色被害人。

既然不知道犯人的身分來歷，就只能撒餌釣魚。兩個復仇專家都無法擔任誘餌，因此才找上林。

「如何？你肯幫忙嗎？」

「我是無所謂啦。」林瀏覽報名注意事項，聳了聳肩。「不過這個派對的參加者僅限三十幾歲的男女耶。」

「……咦？」

「這裡有寫，報名條件是『三十歲以上的男女』。」

次郎把車停在路肩，回過頭來。「討厭，是真的嗎？」

「我看起來像三十幾歲嗎……」

林自己也很清楚，他一點都不像。

要潛入派對很簡單，就算需要出示身分證，只要偽造就行了。

然而，林實在不認為看起來只有二十來歲的自己能夠吸引犯人上鉤。就算靠著化妝和服飾蒙混，應該還是很困難。

「那樣反而會引起犯人的懷疑，產生戒心吧？」

「我居然疏忽這一點。」次郎搗著頭，大大嘆一口氣。「只好另外想辦法了。」

「就這麼辦吧。」

次郎點了點頭，發動車子。

「的確。」他隔著後照鏡瞥了林一眼，露出苦笑：「你缺乏一點成年人的性感魅力。」

「……真抱歉啊。」

拿這點要求我太不合理了——林嘟起嘴巴。

——成年人的性感魅力？

次郎的話突然給了林靈感，一個女人的臉龐閃過腦海。

如次郎所言，擁有成年人性感魅力的女人。

那個女人或許能夠勝任。

「——不，等等。」

林立刻說道：

「這件事還是交給我吧。」

「這樣我就不用煩惱了……可是，沒問題嗎？」

「嗯。」林想到一個好點子。「我會找幫手。」

二局下

馬場收拾行李離開事務所後，便駕駛愛車 Mini Cooper 前往東區一帶。行駛約三十分鐘，綠意盎然的墓地映入眼簾。這裡是民營的大型墓園，廣大的園區裡排列著大大小小的墓碑，除此之外，還有鐘樓、池塘、靈堂，甚至販賣部。初次造訪的時候，馬場還曾經因為園區太大而差點迷路。

今天是父親的忌日。

每年一到這一天，馬場都會來探望父親。

他把車停在停車場裡，下了駕駛座。今天天氣不好，從剛才就一直下雨，並不適合掃墓，墓園裡的人寥寥無幾。

雖然白天不時打雷，但現在只有綿綿細雨，用不著撐傘。馬場抱著掃墓用的酒瓶走在墓園之中。

春天時開得美麗絢爛的櫻花樹，在這個時期顯得稀疏零落。馬場在園區的步道上前進片刻，來到一座熟悉的和式墓碑前。

墓碑上刻著「馬場家之墓」。

「……好久不見了，爸。」

馬場站在墓前對亡父說話。

「我帶了你喜歡的酒過來。」他笑著舉起日本酒瓶。這是福岡糸島產的酒，父親生前時常飲用。

馬場將酒倒入事前準備的杯子中，放到墓前。

「我是開車來的，不能喝。」

他舉起空杯代酒，與父親乾杯。

在這裡，馬場向父親訴說過許多事，諸如偵探事務所的工作、業餘棒球隊和鷹隊的近況等等。幾年前，鷹隊獲得總冠軍的那一天，他曾和父親一起舉杯慶祝；十三連敗的時候，也曾對著墓碑大發牢騷。

多了同居人之事，他也向父親報告過。他告訴父親，許久沒和別人生活在同一個屋簷下，感覺很奇妙。

平時馬場無話不說，時間總是一轉眼就過去了，今天卻不然。他不知道該說什麼，默默地尋找言詞。

片刻過後——

「……爸。」馬場開口：「就快結束了。」

沒錯，快結束了。

下次是他最後一次殺人。

「真是一段漫長的時光呀。」

案發至今過了十幾年，當時還是高中生的馬場也長大成人，如今已年近三十。經過如此漫長的歲月，他和福岡都變了。

在這段時間裡，他奪走許多生命。

「……我都搞不清楚自己殺死多少人。」

雖說這是他的工作，雖說對手是壞人，但他確實弄髒了這雙手。對於這個事實，他無意向父親做任何辯解。

馬場瞇起眼睛。

「爸，你一定很生氣唄……可是，我很慶幸自己選擇這條路。」

父親想必不希望兒子變成這副模樣。若是父親還活著，鐵定會把馬場揍得鼻青臉腫，說不定還會斷絕父子關係。馬場明白自己的所作所為，足以讓溫和的父親如此憤怒。

然而，若是父親仍活著，他就不會走上殺手之路了。

馬場用力握緊杯子，筆直凝視著墓碑。

「……我會幫你報仇的。」

在他如此喃喃訴說之後，背後突然傳來一陣腳步聲。

馬場回過頭來。

只見步道的另一頭有個女人撐著黑傘走來。她留著一頭短髮，身穿清純的白色洋裝，手上抱著花束——是小百合。

「小百合。」

馬場轉向走上前來的她。內斂的香水味飄來，是馬場熟悉的香味。

「妳來了？」

「嗯。」她一面將花供在墓前一面回答：「畢竟是前任未婚夫的父親忌日。」

「是訂婚未遂。」馬場自嘲地笑了。「我還沒聽到求婚的回覆就差點被殺掉。」

「呵呵，對不起。」

「託妳的福，我一直單身到現在。」馬場聳了聳肩。「該去參加聯誼了。」

面對馬場的怨言，小百合毫無反省之色，只是呵呵一笑。當然，馬場不怨恨她。

見馬場被雨淋濕，小百合把蕾絲妝點的傘遮向他說：「會感冒的。」

馬場道謝，進入傘下並接過傘，調整傘的高度，以免小百合的肩膀被雨淋濕。

兩人並肩佇立於墓前，靜靜地交談。

「……欸，小百合。」馬場突然問道：「妳還記得第一次工作時的事麼？」

「記得啊。」小百合微微歪了歪頭：「怎麼突然問這個問題？」

「只是想起了往事而已。」

馬場露出苦笑。

「第一次殺人的時候，我是那麼震撼……現在卻沒有那種感覺了。」

馬場凝視著自己的手掌，喃喃說道。

他想起自己起初殺了人以後，都會一個勁兒洗手。當時的他被強迫觀念束縛，總覺得手上像是沾染洗不掉的鮮血。

他也常因為罪惡感作惡夢，甚至去祭拜殺害對象的墳墓或探望其親屬，進行無意義的贖罪。

不過，現在不同了。重松曾說馬場「一點也沒變」，但馬場不這麼認為。

馬場覺得自己變了。

「適應力真是可怕。」馬場垂下頭來，說出喪氣話。「……我也很可怕。」

在小百合面前，馬場不需要裝腔作勢。他已經在小百合面前展露過最窩囊的一面，因此面對小百合時，他總是不由自主地吐露心聲。

無論有什麼理由，殺人就是犯罪，馬場不認為自己做的是正確的事。他不是沒有是非之心，對於殺害的對象也不是毫無惻隱之心。

然而，他害怕對於殺人變得麻木不仁的自己。從前深深折磨他的罪惡感，如今越來越淡薄。

聽了馬場的一番話，小百合微微地笑說：「每個人都是這樣，我也是。」

「真的？」

「嗯，真的。」她點頭，用堅定的口吻繼續說：「不過，這樣也好。如果殺人會有感覺，就沒辦法做這一行。殺人覺得痛苦，代表不適合這個行業；殺人覺得快樂，那就是心理變態。暗殺是不需要私人情感的。」

不受感情左右，腦子裡想的只有完成任務這件事——這才是殺手應有的風範。她已經做好覺悟，既不猶疑也不動搖，在這條路上勇往直前。

馬場很佩服她的堅強。

「小百合，妳果然很厲害。」

馬場看了手錶一眼。現在的時間是下午一點前。他必須趕搭渡輪，不能久留。

「我該走了。」馬場把傘還給小百合，道了聲謝。「小百合，謝謝妳特地過來。」

他鑽出雨傘，小跑步回到車上。

馬場開著 Mini Cooper 回到博多以後，立刻前往碼頭。

他朝著紅色鐵塔——博多港塔前進，一座巨大的商業設施映入眼簾。是博多灣岸廣場。

這麼一提，前陣子才剛來過這裡。和販毒集團成員交手的那一晚記憶猶新。

馬場把 Mini Cooper 停在道路另一側的立體停車場裡。接下來幾天，愛車都必須在這裡等待主人歸來。

馬場離開停車場，踏入設施。

灣岸廣場附設渡輪站，前往福岡數座離島的渡輪都是從這裡出發。馬場在第二轉運站的自動售票機買了船票，搭上其中一艘船。那是位於一號乘船場，一艘名叫「綠丸」的船，最多可乘坐八十人，但是這個班次的乘客除了馬場以外只有寥寥數人。

馬場在邊緣的座位上坐下來。時間一到，渡輪便緩緩出發，並在改變方向之後慢慢加速。船內的廣播結束時，船已經完全離港。

雨勢依然劇烈，由於天候不佳，風浪很大，船身不時大幅晃動。

船內前方的電視播放著午間的綜藝節目，正好談論到本地的運動話題。在這個節目裡，來賓也異口同聲地惋惜那名選手的退休。

馬場眺望窗外。一望無垠的大海，另一頭是福岡的港灣區；除此之外，還可望見尖頭的福岡鐵塔與熟悉的巨蛋球場。

令人懷念的景色。

初次搭乘這艘船是很久以前的事了。當時，馬場抱著大大的行李，一臉不安地凝視逐漸遠去的福岡街道。

十三年前，馬場決心放棄普通人生，走上殺手之路，搭上了這條船。當時，他對自己的選擇毫無信心。這麼做真的好嗎？以後自己會變得如何？他在船上為了找不出答案的問題不斷煩惱。

——已經過了十三年啦？

這段時間說長不長，說短不短。隨著渡輪前進，這一天終於到來的真實感，逐漸湧上心頭。

三十五分鐘的船程轉眼間就結束。在馬場回憶往事的期間，渡輪抵達島嶼。

玄海島，位於福岡市西區的小離島。

面積約為一點一七平方公里，幾乎呈現圓形，周長約四公里。雖然島上沒有商業性的觀光地和住宿設施，但擁有豐饒的自然環境，受到許多釣客喜愛。島上流傳著武將百合若曾在此生活的「百合若傳說」，各地都有相關史跡。

一下渡輪，島上的景色便映入眼簾。幾艘釣船並排停泊在港口，許多野貓在附近徘徊，等著分一杯羹，防波堤上有幾位釣客。群山聳立於島嶼深處，前方是一整片的住宅區。

令人懷念的光景。

從前馬場曾在這座島上生活。雖然只有短短幾年，但是這個地方依然讓他留下深刻的回憶。

十三年前，馬場搭乘渡輪造訪玄海島。那個人來到這個漁港接他，臉上帶著「真的來啦？」的不耐煩表情。

——記得他家是在這一帶。

馬場循著當時的記憶前進。不知幾時間，雨已經停了，但天空依然陰暗。

走了幾道長梯，馬場抵達住宅區。最邊緣有一座瓦簷日式宅院。那就是他的家，和馬場記憶中的一模一樣。

這座宅院沒有門鈴。馬場敲了幾次門，片刻過後，裡頭傳來腳步聲。

接著，拉門開啟，屋主現身。

是個男人。個子很高，身材削瘦，穿著現在少見的和服便裝，及腰的黑色長髮高高綁起來。和宅院一樣，他也依然如昔，改變的只有和服便裝的顏色。現在是白色，以前是黑色。

「善治……」

男人見到馬場，瞪大了眼睛。

「好久不見，正鷹叔。」

馬場向男人低下頭。

「看到您身子還這麼硬朗，我就安心了。」

「硬朗個頭。」聞言，男人皺起眉頭。「醫生宣告我只剩下三年的壽命。」

「十三年前您也說過同樣的話。」

馬場笑道。

「囉唆。」

對方也跟著笑了。

「別說這個。你怎麼突然跑來這種地方？該不會是來跟我討零用錢的吧？」

「說得真難聽，難得做徒弟的來探望師父。」

這個叫做正鷹的男人，正是傳說中的人物、福岡最強的「殺手殺手」──初代仁和加武士。

同時是鍛鍊馬場，將他栽培成殺手的男人。

正鷹原本並非福岡人，而是到處流浪，從事地下工作；來到福岡之後，他喜歡上這座城市，就此定居下來。十幾年前，他發現自己罹患癌症，因而金盆洗手，現在在這座玄海島上過著悠然自在的隱居生活。

「好久不見了。多大啦？」正鷹詢問。

「二十八。」

下個月迎接生日以後，又增添一歲。

馬場在十七歲左右來到這個家，並在二十歲時離開這個家。他和正鷹已經有好一陣子沒見面。

「師父呢？」馬場賊笑著詢問：「您多大了？」

正鷹嗤之以鼻。「不告訴你。」

聽說正鷹和源造年歲相仿，但他的外貌很年輕，完全看不出來；就算說他是四十幾歲，也沒有人會質疑。他確實因為生病，變得比以前瘦一些，看起來也老了一些，但還是生龍活虎。馬場甚至覺得，正鷹還可以再活個二十年不成問題。

「所以呢？你跑來這種鳥不生蛋的地方做什麼？」

「很久沒見，來探望一下師父。」

「少騙人。」

穿幫啦？馬場露出笑容。

「我是來自我訓練。」馬場回答：「最近身體變鈍了，想來這裡重新鍛鍊一下。」

「哦？」正鷹面露賊笑。「是嗎？這樣啊，值得嘉許。」

看他的表情，根本不相信——馬場暗自苦笑。

「哎，雖然這裡什麼也沒有，不過你就儘管住下來吧。」

正鷹讓馬場入內，馬場再次低下頭說：「這陣子要麻煩您照顧了。」

三局上

馬場一直沒有回來。

林打了好幾次電話，馬場都沒有接聽，回覆的只有「您撥的電話沒有回應，請稍後再撥」的語音。

那個男人到底跑去哪裡？現在在做什麼？林歪頭納悶。

如果拜託榎田，應該可以輕易找出馬場的下落。不過——

「……哎，過幾天大概就會回來了吧。」

馬場說要出門一陣子，雖然不知道他何時回來，但從行李的分量判斷，至少得要三天。先隨他去吧，要找他以後再找。

若說林不好奇馬場究竟在什麼地方做什麼，那是違心之論，不過，只要等馬場回來以後，直接詢問本人就好。

林離開了沒有馬場的馬場偵探事務所，搭乘地下鐵前往中洲。今天他和榎田約好要見面。

走出中洲川端站的四號出口，林來到蓋茲大樓。當他踏入平時常去的一樓咖啡廳時，留著白金色花俏髮型的男人已經在那裡等著他了。榎田的桌上擺著愛用的筆記型電腦，正喀噠喀噠地敲打鍵盤。

林在櫃檯點了杯拿鐵以後，在榎田的對面坐下，立即說出來意。

「我想請你幫我調查某個人的下落。」

「連招呼也不打一聲？」榎田的視線依然向著螢幕，問道：「算了，是誰？」

「小百合。」

林回答，又補充說明：

「前女友。」

「你知道吧？就是馬場的——」

我知道——榎田理所當然似地點了點頭。

「話說回來，你問馬場大哥不就得了？馬場大哥應該知道她的聯絡方式吧？」

如果可以，林也想這麼做。他嘆一口氣說：

「沒辦法，他現在不在家，電話也打不通……」

林之所以數度打電話給馬場，就是為了詢問小百合的聯絡方式。

「咦？」榎田終於把視線移向林。「他去哪裡？」

「不曉得。」林歪頭納悶。他也想問這個問題。「他說要去自我訓練。」

「唔。」

榎田敲打鍵盤片刻之後，手指倏地停住。

「喏，找到了。」

他把電腦螢幕轉向林，畫面上顯示的是福岡市內的地圖。

「她今天好像沒上班。」榎田的細長手指指著畫面上的地圖。「正在天神購物。」

已經查到了？榎田還是老樣子，工作效率一流。

「你真的很厲害耶。」林不禁再次感嘆。「是怎麼查到的？」

「很簡單啊，我只是透過以小百合小姐的名義簽約的手機追蹤她的現在位置。」

地圖上有個紅色標記，似乎就是小百合的現在位置。地點是天神郵局對面的咖啡廳。

「我這就過去。」林起身說道：「謝啦。」

林立刻動身前往天神。他從中洲出發，朝著那家咖啡廳筆直前進。

正如榎田的情報所示，小百合在咖啡廳裡。她坐在角落的位子上，一面喝咖啡一面閱讀文庫本。購物的情報似乎也是正確的，只見她身旁放著印有名牌商標的購物袋。

「可以一起坐嗎？」

林在櫃檯點完飲料之後，向小百合攀談。

「哎呀？」

小百合把臉從文庫本中抬起來，露出略微驚訝的表情。

「你是善治的——」

「好久不見。」

林沒等小百合同意，便在對側坐下來。

「老實說，我是專程來找妳的。」

聞言，小百合微微地笑了。「你怎麼知道我在這裡？」

「我拜託情報販子追蹤妳的手機位置。」說著，林又補上道歉：「抱歉，擅自做這種事。」

「用不著這麼大費周章，你問善治就行了啊？」

榎田也說過同樣的話。就是因為辦不到，林才使用如此麻煩的方法。「現在有點小問題。」林含糊以對。

小百合夾上書籤繩，把文庫本放到桌上。

「找我有什麼事？」

她重新問道。

林筆直凝視著對方說：「我想請妳幫忙。」

「幫忙？」

「我想請妳潛入某個派對。當然，我會付酬勞。」

接著，林對她說明事情的來龍去脈。

「我接受遇上迷魂大盜的女人委託，正在追查犯人。目前已知的被害人有三位，全都參加了同樣的相親派對，在那裡認識了某個男人，結果被洗劫一空。」

「她們被偷走什麼東西？」

「現金，連著名牌皮包一起被偷走的。其他像是手錶和鑽石項鍊之類的值錢物品也不見了。」

「那些女性本身有受到任何傷害嗎？」

「好像沒有。雖然被帶進飯店，但是沒有遭到性侵。」

「換句話說，目的純粹是財物？」

林點頭肯定小百合的話語，繼續說道：

「我本來打算潛入那個相親派對釣魚，可是參加條件是三十幾歲的男女。」

林不適任，所以他必須找個外貌三十幾歲──套用次郎的說法──而且具備成年人性感魅力的幫手，而他想到的人選就是小百合。

聽完林的說明，小百合一口答應。

「好，我幫你。」

「可以嗎？」

「嗯。灌醉女性竊取財物的男人，怎麼能放過？必須好好教訓一下才行。」她點了點頭，露出淘氣的微笑。「再說，我也正好在考慮參加聯誼。」

「就算不參加聯誼……」聽了她可愛的玩笑，林也忍不住笑了。「像妳這樣的大美女，還是會有一堆男人追吧。」

「呵呵，謝謝。」

林從包包裡拿出次郎給他的資料，在桌上攤開，與小百合分享情報。

「這是目前已知的案子和被害人的詳細資料。」

「這張照片是什麼？」小百合指著某張照片。「好像是監視器的影像？」

「對，是案發當天的影像。追蹤被害人在派對結束後的行蹤，發現監視器拍到她和男人走在一起的畫面。這個男人八成就是犯人。」

小百合凝視著照片，喃喃說道：「拍得不清楚，不過應該長得很帥吧。」

「再不然就是口才很好。」

「又或許兩者兼備。」

「是啊。」林也點了點頭。

「我只要參加那個派對，接受疑似犯人的男人邀約就行了吧？」

「嗯。妳潛入派對的時候，我會在附近待命，用通訊器保持聯絡，一有狀況我會馬上趕過去。」

小百合微微一笑。「這樣我心裡踏實多了。」

她立刻上網申請參加派對。下一次的派對是在三天後舉辦，地點是位於大名的餐廳。

「那就三天後見。」

「好。」

交換聯絡方式以後，林便和小百合道別。

榎田一如往常待在網咖裡玩電腦，轉眼間就入夜了。肚子好餓，該吃晚餐了——他如此暗想，離開蓋茲大樓，走向那珂川方向，打算去熟人開的麵攤吃碗拉麵。

隨著接近攤販街，強烈的豚骨香味飄過來。除了拉麵以外，還有黑輪、餃子、烤雞肉串等各式各樣的攤位。

榎田鑽過常去的攤位布簾，向老闆打招呼：「嗨，源伯。」

「哦，是榎田呀。」老闆源造正用收音機聽棒球比賽轉播。「歡迎光臨。」

攤位上沒有其他客人，榎田毫不客氣地坐在正中央的椅子上，點了碗豚骨拉麵，並選擇偏硬的麵條。

片刻過後，源造將碗放到榎田面前。

「來，讓你久等了。」

「我開動了。」

榎田雙手合十，用衛生筷夾起送上的拉麵。

「最近怎麼樣？生意好嗎？」

榎田用調侃的口吻詢問。看這情況，攤車的生意似乎不太好。

「多虧你們常來捧場。」源造回以諷刺。

「源伯，你太不會做生意了。」

「要你管。」

兩人像平時一樣閒聊幾句之後，榎田突然說道：「這麼一提……」

「嗯？」

「林老弟說馬場大哥沒回事務所耶。」

「哦。」

說來意外，源造並不怎麼驚訝。

榎田皺起眉頭。「你的反應太平淡了吧？」

「只不過是沒回家，沒啥大不了的。那小子已經不是小孩子。」源造一笑置之。

「從前那小子不回家的比率還比回家高呢。」

「聽說他拎著一個大包包出門了，說是要去自我訓練。」

「哦？自我訓練呀……」

源造喃喃說道，似乎知道內情。榎田詫異地凝視他問：

「……源伯，你知道什麼對吧？」

源造老實承認：「是呀。」

榎田興致大發，放下筷子，探出身子說：

「告訴我嘛！」

「我考慮一下。」

「真是的，賣什麼關子啊？」

「一跟你說，所有人都知道了。」

「才不會呢，我口風很緊的。告訴我嘛。」

榎田一再央求，源造拗不過他，只好不情不願地答應。源造先叮嚀他別告訴任何人之後，才說道：

「哎，那小子帶著行李去自我訓練的地方只有一個。」

「哪裡？哪裡？」

「玄海島。」

「……玄海島？」

記得那是位於福岡市西區的小島，從博多碼頭搭乘渡輪約三十分鐘可達，是座漁業興盛的島嶼，受到眾多釣客喜愛。不過，馬場不像是有釣魚嗜好的人。

「他去玄海島做什麼？」

榎田歪頭納悶，源造回答：

「馬場的師父住在那裡。」

據他所言，馬場為了成為獨當一面的殺手，曾經在玄海島苦修數年。

不過，現在馬場已經是獨當一面的殺手。

榎田一面吃麵，一面歪頭納悶：「他現在跑去那裡幹嘛？」

「他不是說要自我訓練麼？」源造斬釘截鐵地說：「換句話說，是去鍛鍊自己。」

「他已經很強了啊。」

「再過不久就是他的引退賽。」源造感慨良多地說道：「他大概是想調整狀態，畫下完美的句點吧。」

「……引退賽？」

什麼意思？榎田皺起眉頭。

「馬場的引退賽。」源造點了點頭。「那小子說他殺掉下一個目標之後，就要金盆洗手。」

「咦？」榎田停下筷子，猛然把頭從拉麵碗抬起來。「馬場大哥不當殺手了？」

「好像是。」

榎田大吃一驚。他從未聽說這件事。沒想到馬場打算退休，他實在不敢相信。

「可是，他還可以做很久吧？他還年輕，又那麼厲害。」

「不是能力的問題，是幹勁的問題。」

源造如此說道，但榎田依舊不太明白。他不是殺手，不了解他們的作風。

「或許他是去向師父報告自己要金盆洗手了。」源造喃喃說道。

無論馬場渡海的目的為何，他要金盆洗手似乎是事實。

「哦？沒想到馬場大哥居然……」

話說回來，這可是大新聞。仁和加武士要從這座城市消失了，屆時應該會上演激烈的接班人之戰吧。

「馬場大哥金盆洗手以後要做什麼？」

「誰曉得？」源造歪頭納悶。「或許會像他師父一樣在離島過隱居生活唄。」

「他還那麼年輕耶。」

「那小子確實有些地方很像老頭子唄？」

源造無視自己的年齡，如此笑道。榎田也有同感。

「……那麼……」榎田突然感到好奇。「豚骨拉麵團怎麼辦？」

「唔……」源造盤臂沉吟。「畢竟當初是那小子起的頭呀。」

在地下世界工作容易累積壓力，為了多少宣洩壓力，幾個同屬地下社會的人共同成立「博多豚骨拉麵團」這支業餘棒球隊，馬場正是召集人。

馬場要金盆洗手，是否代表他也會離開球隊？

「要是沒有隊長，那可就傷腦筋。」

榎田嘟起嘴巴，呼嚕呼嚕地吸著麵條。

馬場向來在圈子中心，榎田無法想像沒有他的豚骨拉麵團。

大家都聚集在馬場身邊。他是領袖，也是精神支柱。若是失去馬場，球隊就無法成立。

「最壞的情況，或許球隊會就此解散也說不定。」

源造的落寞聲音在耳邊縈繞不去。

源

三局下

今天是來到玄海島的第三天。

在大自然環繞的離島訓練，讓馬場屏除多餘的雜念，因此進展得比預期更加順利。

馬場一如平時起個大早，換上練習衣，離開正鷹家。天色依然昏暗，坡道下方的漁港有許多漁夫正在準備出海。

訓練課表是固定的，馬場天天按表操課。首先繞著島嶼跑步兩小時，順便暖身。雖然一圈只有四公里的距離，但部分路面未經修整，容易摔倒，相較之下，大濠公園的慢跑路線顯得容易許多。島上有些地方潮濕泥濘，有些地方則是沙灘，正適合鍛鍊腳力與腰力。

沐浴在玄界灘的海風中，馬場不停奔跑。

拜正鷹為師修行的那幾年，他每天都要跑這條路線好幾圈。正鷹說過，跑步不光是為了鍛鍊體力，也是為了鍛鍊精神力。馬場很明白這個道理。持續跑步，漸漸地便會感到難以支撐，身體變得沉重，停下腳步的怠惰念頭閃過腦海，軟弱的自己時隱時現。

若能戰勝想偷懶的自己，不顧一切地繼續動腳，身體就會突然輕盈起來，集中力也隨之增加，連波浪聲都聽不見。馬場放空腦袋，持續奔跑，當他回過神來時，時間早已超過兩小時。

現在身子已經暖好，還流了滿身大汗，可以進行下一個項目。馬場前往島上的某座小神社。

供奉百合若的愛鳥——綠丸的小鷹神社，雖然位於港口附近，卻得爬上百階的石階才能抵達。石階狹窄且陡峭，一不小心就可能踩空。

馬場踮著腳尖跑上石階，抵達神社之後再跑下來，下來以後又跑上去，如此來回往返。雖然是單調的訓練，卻相當消耗體力。

來回跑了五趟以後，馬場疲軟無力地跌坐下來，吐了口氣。

「……好累。」

他已經很久沒有這樣磨練自己。頭一天，因為久未鍛鍊，連膝蓋都在發抖；進入第三天後，已經適應許多。

馬場想起剛拜師學藝時的情況。當時，他拚死拚活地完成各項訓練。原本以為自己每天透過棒球社的練習鍛鍊身體，能夠熬過任何修行，正鷹卻輕易地粉碎他的自信。他甚至曾在訓練途中昏倒過好幾次。

多虧當時嚴苛的修行，才有今天的自己。

他來這座島的目的，不光是為了鍛鍊身體，同時是為了重溫初衷，整理心情，鍛鍊精神。

下次殺人絕不能失手。

看來磨練得還不夠——馬場自我反省，又來回上下石階五趟。

完成野外鍛鍊時，已經過了中午。

馬場回到漁港，看見有個男人身穿和服便裝，手持釣竿，一動也不動地坐在防波堤上。

「喂～正鷹叔！」

馬場呼喚，正鷹回過頭，舉起手來回應。馬場也爬上防波堤，走向正鷹。

今天的海面雖然平靜，天空卻是烏雲密布。天氣預報說下午會開始下雨。最近天氣都是陰沉沉的。

馬場走在防波堤上，來到正鷹身邊。

「你很努力嘛。」正鷹轉向他笑道：「狀況如何？」

「還不錯。」

「那就好。」

馬場也詢問盤腿垂釣的正鷹：「正鷹叔呢？有釣到魚嗎？」

「嗯，大豐收。」

正鷹得意洋洋地笑道。

「你瞧。」

他打開冰桶的蓋子，馬場窺探裡頭。

冰桶裡確實裝著好幾條魚——不過仔細一看，都是這附近釣不到的魚。

「……是認識的漁夫分送給您的吧？」

「呿！穿幫啦？」

正鷹的釣魚技術實在稱不上好，從以前就是如此，常常什麼也沒釣到，只是枯坐一整天。即使如此，釣魚仍是他的興趣。記得從前馬場曾對正鷹說：『什麼都沒釣到，很無聊吧？』當時正鷹一口駁斥：『我釣魚並不是為了利益。』根據他的說法，靜心面對大海的這段時間才是重點。

「正鷹叔，該回去了吧？快下雨了。反正也釣不到魚。」

「囉唆，少自以為是。如果我想釣，早就釣到了。」

「是、是。」

「走著瞧，我會釣一條大魚給你看。」

「您不是說釣魚不是為了利益嗎？」

「這是尊嚴的問題。豈能一直被徒弟看扁！」

天色越來越暗。面對不聽勸告的頑固師父，馬場嘆一口氣，轉過身說：「那我先回去了。」

他留下賭氣緊握釣桿不放的正鷹，回到家裡。

馬場脫掉汗水淋漓的上衣，繼續修行。接下來是肌力訓練。伏地挺身、腹肌與背肌訓練、深蹲——他淡然照著當年的課表操練。

打開簷廊的紙門，修葺有加的庭院映入眼簾。馬場吊在門框上做了約三十分鐘的引體向上之後，天空開始滴滴答答地下起雨。天氣預報似乎說中了。

片刻過後，腳步聲傳來，正鷹放棄釣魚回來了。他一踏入庭院便笑道：「你還在鍛鍊啊？」

「您回來啦。」

馬場一面做引體向上，一面迎接正鷹的歸來。他放開手，落到地板上，擦拭身上的汗水。

「最近一直下雨。」

「嗯。」正鷹也點了點頭。「心情都跟著鬱悶起來了。」

正鷹脫掉木屐，踩著外廊直接走進屋裡，大概是要去午睡。隱居生活如此輕鬆愜意，真教人羨慕。

無論是下雨或下雪，都和鍛鍊沒有關係。馬場打著赤膊來到庭院，舉起愛用的日本刀揮動。

他淋著雨，不斷練習揮刀。

從前的記憶突然重現於腦海中。

那一天，是他頭一次握日本刀。

當時他年僅十七。

『──好，今天開始用這個練習吧。』

正鷹帶著馬場來到庭院，遞給他一把長刀。刀鞘是黑色，刀柄上有金色裝飾，是一把日本刀。掌心可以感受到它沉甸甸的重量。

『……這是真刀嗎？』

馬場詢問，正鷹啼笑皆非地回答：

『當然啊。以後殺人的時候就用這個。你是仁和加武士的接班人，必須學會用日本刀。』

『是。』

『好，拔刀吧。』

馬場戰戰兢兢地拔刀出鞘。

刀刃磨得極為鋒利，閃閃發光。看見足以輕易砍下人頭的利刃，馬場不禁膽寒，倒抽一口氣。

『你先擺個架式試試。』

正鷹下令，馬場大為苦惱。他從未握過日本刀，就連和竹刀和木刀也素來無緣，不知道該如何擺架式。

他姑且挺直腰桿，握住刀，用刀尖指著對手。

『……這樣可以嗎？』

他沒有自信，只能窺探師父的臉色，探詢是否正確。

正鷹對這樣的馬場聳了聳肩。

『欸，我們現在不是在練劍道或拔刀術，而是要跟別人殺個你死我活，不用在意姿勢正不正確、優不優雅，隨你高興就行。』

接著，他露齒而笑。

『用你喜歡的方式擺架式，用你喜歡的方式揮刀吧。』

用你喜歡的方式揮刀——聞言，馬場的身體自然而然動了。他舉刀於身側，雙手使勁握緊，單腳抬起，並在跨步的同時扭腰，以揮棒的要領揮動日本刀。

咻！一道破風之聲響起。

見了馬場這一揮，正鷹揚起嘴角。『還不錯嘛。』

「——還不錯嘛。」

突然有人對自己說話，馬場猛然回過神來。

他望向聲音的來源，原來是正鷹。正鷹倚著屋內的柱子而立，看著馬場鍛鍊。

原來正鷹在嗎？馬場瞪大眼睛。他完全沒發現正鷹在一旁觀看。或許這個人早已習慣無聲無息地接近對手，即使退休許久還是改不掉這個老毛病。

「身體變結實，揮刀也犀利多了，和三天前大不相同。」

「謝謝。」

師父難得稱讚自己，馬場回以笑容。

仔細一看，正鷹手上握著一把長刀。那是他長年愛用的白鞘日本刀。

馬場有種不祥的預感，「呃！」了一聲皺起眉頭，在心中祈禱對方別說出什麼奇怪的話。

但果不其然，他的預感成真。

「很久沒交手了，要不要來打一場？」

「……還是算了吧。」面對露出賊笑的師父，馬場嘆一口氣說：「癌症末期患者不是我的對手。」

「真囂張啊。」

對手幹勁十足，穿上木屐，從簷廊走下庭院，轉動肩膀和脖子暖身。看他這副模樣，大概是勸不動了。

「別踩到那個。」正鷹指著庭院一角的家庭菜園。「我種了白蘿蔔。」

現在不是擔心白蘿蔔的時候吧！馬場皺起眉頭。「……真的要打嗎？」

「你可別放水啊。」

聽師父這麼說，馬場傷透腦筋。對手是病人，他豈能使出全力？

正鷹不顧馬場的心情，拔出刀來。保養有加的刀刃從白色刀鞘中現身。

正鷹以行雲流水般的優雅動作舉起日本刀——瞬間，他的氛圍有了一百八十度大轉變。

面對非比尋常的壓迫感，馬場有些畏怯。

雖然已經退休十幾年，但這個男人不愧是「傳說」。見到絲毫感覺不出空窗期的姿勢，就連馬場也不禁佩服。

說什麼豈能使出全力？馬場自嘲。若不使出全力，或許自己會一敗塗地。

遲疑消失了，馬場也舉起刀來。

他們交手向來沒有開始的信號，因為沒有一個殺手會先打信號再展開攻擊。馬場時常遭受正鷹出其不意的攻擊。

——下一瞬間，正鷹立刻動了。

犀利的一刀朝馬場襲來，對手轉眼間便欺到身前。馬場來不及卸去這一刀，只能正面接招。日本刀劇烈地互相撞擊。

正鷹十分難纏。過去他們也交手過好幾次，馬場深知他的實力。正鷹從不過度依賴武器，如果只顧著注意日本刀，一定會嘗到苦頭。

果然如馬場所料，他的右腳猛然踢向馬場的側腹。

馬場用右手抓住正鷹的腳擋下攻擊，露出賊笑表示自己早已預料到——同時，左臉頰竄過一道衝擊。正鷹的拳頭嵌進馬場的臉孔。

「好痛！」馬場被狠狠打飛，發出哀號。

正鷹笑道：「你是白痴啊？」

「……混蛋。」

馬場咂一下舌頭，重整陣腳。

對手是身經百戰的初代仁和加武士，馬場知道他能看穿自己的攻擊，但還是正面進攻。馬場接連揮動日本刀，不讓對手有機會攻擊。

正鷹以最小的動作躲過攻擊。他並非正面接招，而是四兩撥千金。即使是馬場使盡渾身之力的一擊，也被他輕輕鬆鬆地卸去。

毫無感覺，就像一刀砍在水面上。

馬場再次拉開距離，調整紊亂的呼吸。

「怎麼？已經結束了嗎？體力真差。」正鷹樂不可支的聲音混在雨聲裡傳來。「原來你引以為傲的肌肉只是裝飾品？」

別中他的挑釁——馬場如此告誡自己，吁了一口氣，讓心靈平靜下來。不能著了對方的道。

——多觀察周圍，放寬視野，不要只侷限於敵人身上。

正鷹平時總是如此叮嚀馬場。

隨著恢復冷靜，視野也變開闊。馬場不再侷限於正鷹，同時注視他的周圍。

現在雨勢很大，雨水積蓄，地面潮濕，處處泥濘，正鷹左後方正好有片小水窪。今天的地面不易立足。

正鷹的教誨是「利用身邊的一切」。他教導馬場，不要光依靠手上的武器，而是把現場一切都化為殺人工具，連戰鬥舞台都要靈活運用。

潮濕的地面即是很好的材料。

馬場面向正鷹，從右側揮落日本刀。正如他的盤算，正鷹往後一縮，卸去他的刀刃，後方正是那片水窪。

馬場持續攻擊，正鷹的一隻腳踩進水窪裡。

他的腳被泥濘絆著了。

「啊？」正鷹的身體大大傾斜。「哇！」

趁正鷹的注意力分散之際，馬場握住日本刀，單腳舉起，用力跨步，使盡全力一揮。

正鷹無暇卸去馬場的強力一擊，倉促之間，只能用日本刀正面格擋——然而，他抵擋不住馬場的攻勢，身體晃了一晃。

他沒能穩住陣腳，往後退數步。瞬間，響起一道咕溜聲。

原來是正鷹一腳踩進菜園裡。

「——啊！」

發現白蘿蔔葉被自己踩在右腳下，正鷹抱住腦袋。

「我費心栽種的蔬菜……」他指著馬場怒吼：「善治！都是你害的！」

「是您自己害的吧！」

馬場高聲反駁。追根究柢，是突然提議交手的正鷹不好。

真是的，馬場嘆一口氣。

正鷹還刀入鞘，咂一下舌頭。「混蛋，居然栽在善治手上。」

他嘴上這麼說，聲音卻顯得有些開心。

對戰結束，馬場也收了刀。

「從前明明是個弱不禁風的小子，現在倒是變得很厲害啊。」

聽了師父的話，馬場露出苦笑。

「您是在說什麼時候的事？」

雖然受到讚美，馬場心中卻是五味雜陳。

自己的確變強了，也成長許多，不過，不只如此——正鷹變弱了。

起。

經歷那麼長一段空窗期，又有癌症末期的不利條件，正鷹還能如此善戰，確實了不起。

不過，若是從前的正鷹，應該能輕易擋下馬場的最後一擊。居然因為那種程度的攻擊而踉蹌，代表他的腰力與腳力衰弱許多。

雖然表面上看不出來，但病魔確實侵蝕了他的身體。

「差不多該吃午飯了，我去殺魚。」說著，正鷹走進屋裡。「你換件衣服吧，小心感冒。」

馬場這才發現他們倆都已淋成落湯雞。

您才要多小心——這句話被他吞回肚子裡。

四局上

三天後，終於到了作戰當天。

林和小百合約好在派對開始的三十分鐘前，於SOLARIA大電視牆前會合。

林整裝完畢，在電視牆正中央等待一會兒以後，身穿洋裝的小百合現身了。一如往常，即使身在人群之中，她依然美得引人注目。

「我這身打扮如何？」

她微微歪頭詢問。

小百合穿著高雅的藏青色洋裝，脖子上戴著簡單大方的銀項鍊，踩著八公分高的高跟鞋，感覺上比平時正式，不至於過度隆重，卻也不失莊重；包包和手錶都是名牌貨，但款式很低調，並無炫富感。

林心想不愧是小百合，很有品味，精心打扮過後看起來比平時更加美麗。

「用來釣渣男實在太浪費了。」

「謝謝。」

兩人立即並肩走向會場。

來到會場附近，林把通訊器遞給小百合。她接過之後，把小型機械塞入其中一邊的耳朵，並把麥克風藏在項鍊背面。

『——怎麼樣？聽得見嗎？』

小百合說道。她的聲音從林的對講機傳來，通訊狀況良好。

「嗯，沒問題，走吧。」

他們兵分二路，各自行動。

小百合直接前往派對會場。全是餐飲店的住商混合大樓五樓——位於此處的義大利餐廳就是這次的舞台。

林已經事先勘查過地點。他前往會場對面的大樓，爬上安全梯。五樓無人承租，沒有上鎖，林入侵內部，從窗戶觀察外頭。在這個位置，只要使用事先準備的望遠鏡，就能將派對會場盡收眼底。

林對著麥克風報告。「我就定位了，妳呢？」

『我已經進來了。』小百合隨即壓低聲音回答：『呵呵，好像間諜電影一樣，真刺激。』

聽到小百合天真無邪的話語，林也忍不住笑了。

林透過望遠鏡觀看會場內部。餐廳呈現包場狀態，聚集了許多精心打扮的男女。雖然隨處擺設了椅子，但基本上是採取立食形式，參加者皆手持飲料站著閒談。

小百合的身影也映入眼簾。她從服務生手中接過香檳，便移動到餐廳角落。那是可以環顧整個會場的位置。

「還順利嗎？」

小百合用飲料遮住嘴巴回答：『嗯，我暫時在這裡觀察情況。』

「有中意的男人嗎？」

林笑著問道。

『這個嘛，每個人看起來都很棒，一副很有錢的樣子。』

小百合打趣道。

犯人偏好的這種相親派對有別於一般，對於男性附加「高收入」的條件。由於年收未達一定水準的人無法參加，因此這場相親派對大受女性歡迎。

「話說回來，犯人為什麼會挑上這個派對？」

林突然感到疑惑。

他依然舉著望遠鏡，歪頭納悶。

「會來這種地方的都是一心想要給高薪男人養的女人吧？」

迷魂大盜的目標是有經濟能力的有錢女人，這個派對應該不適合物色獵物。

『也有相反的情況吧？』小百合說：『有經濟能力的女人，也會要求對方有一定水準的經濟能力。』

「哦，原來如此。」

她說的有理。正如犯人的盤算，有點小錢的女人也會自然而然地聚集到這種派對。之後，談笑時間又持續好一陣子。這個相親派對是走隨興路線，沒有排定自我介紹或交換聯絡方式的時間，而是讓參加者自由發揮，享用美酒和料理的同時，若是發現中意的異性，便上前搭訕閒聊，如此而已。果不其然，有許多男人前來向小百合攀談，但全都被她巧妙地打發。真不愧是小百合，林暗自佩服。

大約過了一小時後。

『……是不是那個男人？』

小百合的輕喃傳來。她似乎發現可疑的男人。

「哪一個？」

『三點鐘方向，穿著灰色西裝。』

林窺探望遠鏡，望向小百合所說的方向。一個穿著灰色三件式西裝、打著藍色領帶的男人正在環顧四周，看起來大約三十出頭，給人的印象是性格爽朗且工作能力強的生意人。經小百合一說，他和監視器上的男人確實體格相仿，但林無法確定是不是他。

「是嗎？」林歪了歪頭。「看起來像是個普通人。」

『他的視線很可疑，不是盯著女性的臉，而是盯著她們身上的物品。』

據小百合所言，那個男人似乎在打量包包、錢包及手錶等女人身上穿戴的物品。

『我接近他看看。』

小百合立刻展開行動。她拿著飲料靠近男人，背過身去，靠著反射在酒杯上的影像確認背後，伺機而動。

在目標走向自己的同時，小百合猛然轉身，故意撞上男人。

『——呀！』

小小的尖叫聲透過對講機傳來。這是相當老套的手法，她用來卻顯得十分自然，著實不可思議。

『對不起。』

『不，是我沒注意。』

小百合和男人交談。不過，接觸目標並非她唯一的目的。

『酒有沒有灑到你身上？』

小百合露出擔心的神色，故意從名牌包包裡拿出名牌手帕。

『請用。』

『謝謝。』

正如小百合所料，在她掏手帕的時候，男人一直注視著她包包裡的物品。

接著，事情進展得相當迅速，兩人互報姓名、自我介紹，小百合自稱「百合」，而男人自稱「良太」。

他的名字和榎田查到以假名參加的男人一樣。看來這個人確實是目標沒錯。

男人說他在證券公司工作，並詢問小百合的職業，小百合聲稱自己在經營美體沙龍，本來只是普通的粉領族，二十五歲時轉行從事美容業，後來向工作五年的沙龍提出辭呈，最近剛獨立創業——小百合就像情報機關的間諜一樣，說得天花亂墜。

『妳有自己的店啊？』男人一臉驚訝，高聲說道：『年紀輕輕，真是了不起。』

『不，沒什麼大不了的。』

小百合故作謙虛。

『福岡的女性人均沙龍數是全國最高的，競爭很激烈。』

『原來如此，妳應該很辛苦吧。』

接著，兩人交換了聯絡方式。

林不得不讚嘆小百合的過人手腕。

到了派對結束時，自稱良太的男人和小百合已經打成一片。又或許他們都只是在演戲而已。

良太駕輕就熟地邀請小百合一同去喝酒，小百合求之不得，立刻答應。

林小心翼翼地尾隨離開餐廳之後依偎而行的男女，以免被發現。

男人帶著小百合來到中洲某家酒吧。那家酒吧的氣氛優雅寧靜，很適合與女性小酌。林藏身在附近的電線桿後方，一面窺探店內情況一面待命。

兩人點了飲料，並肩坐在吧檯前乾杯，之後又談笑片刻。

林全神貫注地聆聽通訊器傳來的對話。良太聲稱自己是開車來的，沒有喝酒，卻一直向小百合勸酒，而小百合也接受了，喝得又快又猛。男人不斷推薦一些甘甜順口但酒精濃數很高的雞尾酒，這是灌醉女人的典型手法。

在良太向酒保點第五杯雞尾酒時，小百合制止他說：『給我水。』

她似乎打算進行下一步。

『我喝不下了。』

小百合的聲音聽起來醉意濃厚。

『不要緊吧？』男人假惺惺地問道。

『我覺得不太舒服……好像喝太多了。』

之後，男人立刻結帳。

過一會兒，兩人走出酒吧，林立刻躲起來。

男人扶著步履蹣跚的小百合。

『百合小姐，妳不要緊吧？』

小百合摀住嘴巴。

『……我想吐。』

她虛弱地喃喃說道。

雖然知道她是在演戲，但看起來活像是真的喝醉了。林有些擔心地尾隨兩人。

『我們找個地方休息一下吧。』男人提議。

男人帶著幾乎沒有意識——當然是裝出來的——的小百合前往附近的商務飯店，林也繼續跟蹤。從後方看來，他們就像是一對普通的情侶。

從離開酒吧到帶進飯店，僅僅花費十五分鐘，果真是老手。

進入飯店以後，男人在櫃檯辦理手續，幾分鐘後，兩人便進入客房。

『來，躺下來吧。』

男人照料小百合的聲音傳來。

『要喝水嗎？』

『……』

『百合小姐？』

小百合沒有回答。

『百合小姐，妳睡著了嗎？』

『……』

兩人都不再出聲。沉默持續了片刻。

數分鐘後——

『他剛才離開房間了。』小百合的聲音響起，向林報告狀況。『好像拿走了錢包和包包。』

「了解。」

林在飯店入口埋伏，一所無知的男人正快步走來。

在男人走出飯店之際——

「——站住，渣男。」

林擋住去路，狠狠給了對方的臉孔一拳。

林和小百合合力把被打昏的男人搬進飯店客房裡，讓他坐在椅子上，並用事先準備好的束帶綁住他的手腳，以防他逃走。

被摑了幾巴掌之後，男人甦醒過來。

「醒啦？」

「啥！」男人驚訝地瞪大眼睛。「這是在搞什麼！」

男人奮力掙扎，試圖掙脫束縛，但只是徒勞無功。手忙腳亂地掙扎片刻後，男人總算明白自己的處境，死心地停下動作。

「……妳是誰？」男人瞪著林。「想對我怎麼樣？」

接著，他把視線移向林的身旁。

「妳、妳是——」男人察覺林身旁的小百合，瞪大眼睛。「原來妳設圈套坑我！」

「你有臉說別人嗎？小偷。」

林啼笑皆非。設圈套坑人的明明是這個男人。

「妳們是警察？釣魚辦案不是違法的嗎？」男人交互打量林和小百合，「……不，不對。妳們用這種方法抓我，應該是獎金獵人。有人懸賞我的腦袋？」

「你做過什麼會被懸賞的事嗎？」

「不知道。」男人撇開視線，用充滿戒心的聲音詢問：「……妳們有什麼目的？」

「你的自白。」林俯視男人，如此回答。他必須先讓這個男人認罪。「我們受僱於復仇專家，是你的被害人提出委託。」

自稱良太的男人確實長得很英俊，相貌端正，五官大小恰到好處，沒有明顯的特徵，是種不容易記住的長相；個子很高，給人一種商場菁英的印象，難怪被害人被牽著鼻子走。不知他靠這副容貌騙了多少女人？

「你過去也用同樣的手法偷女人的錢吧？」

聞言，男人厚顏無恥地否認：

「不知道。妳在說什麼？」

「哎，我就知道你會這麼說。」

林聳了聳肩。他也不認為對方會輕易招來。

「不過，隱瞞也沒用。你昏倒的時候，我已經採了指紋，只要這些指紋和警察採到的指紋一致，你就百口莫辯了。」

男人攜帶的包包裡裝的所有物品已遭全數扣押，手機和皮夾都落入林的手裡。

「你的東西我先幫你保管。我們的情報販子會把你的身分來歷查得一清二楚，做好心理準備吧。」

等到查明身分之後，再把男人交給復仇專家。在那之前，就讓他獨自待在房裡反省自己的所作所為。

「……別鬧了。」男人的態度突然改變。他瞪著林等人，齜牙咧嘴地說道：「妳們不要以為幹了這種事可以逍遙自在。」

良太厲聲威脅，方才的紳士態度蕩然無存。他似乎露出本性了。真是影帝影后滿天下啊——林暗自感嘆。

「妳們會後悔的。」男人露出邪惡的笑容。「我哥是殺手。」

「……啊？殺手？」

林目瞪口呆，男人面露賊笑。

「妳們應該也知道吧？在這個世界上，靠殺人吃飯的人多如牛毛，我哥就是其中之一。」男人得意洋洋地繼續說道：「要是讓我哥知道這件事，他一定會來殺妳們，做好覺悟吧！」

「哦？真巧。」林笑道：「我們也是殺手。」

「呵呵，確實是多如牛毛。」一旁的小百合也點了點頭。

聞言，男人大吃一驚，皺起眉頭說道：

「就算妳們真的是殺手，也敵不過我哥。區區兩個弱女子，根本不是對手。」

小百合嗤嗤笑道：「他是男的。」

「而且我不弱。」林也笑道：「別擔心，你引以為傲的哥哥找上門來的時候，我會代你向他問好。」

為防男人發出聲音，兩人在他的嘴上貼了膠布。

「拜拜，我們會再來的。」

「要乖乖的喔。」

林和小百合留下男人，離開房間。

阮是為了完成上司交付的任務來到福岡，然而在目標出現之前，他無事可做。他趁著這段時間努力招募殺手，但是徒勞無功，只好心不甘情不願地放棄，回到投宿的商務飯店。

不過，就這麼留在飯店裡待命實在太無聊，阮決定趁這個機會約從前的同事吃晚餐。

對方是 Murder Inc. 東京總部的前任王牌殺手，猿渡俊助。

他現在在家鄉北九州市當自由殺手，似乎闖出了一番名堂，就連四處招募殺手的阮都聽到他的風聲。

幸好對方現在也正好有空。猿渡跳上特快車音速號，專程從小倉前來博多和阮見面。

會合地點是ＪＲ博多站筑紫口。

一到約定時間，猿渡便從下班尖峰時段的人群中現身。

「好久不見，阮。」

他一點也沒變，和上次見面的時候一樣精神奕奕。

「嗨！」阮舉起手來，「抱歉，要你特地跑一趟。」

「沒關係，反正咱閒著沒事幹。」猿渡滿不在乎地回答。

猿渡說想吃肉，因此他們進了車站後方的某間燒烤店。一聽說阮要請客，猿渡就盡點稀少部位的肉品。阮點了啤酒，猿渡則是點了可樂。

乾杯過後，阮一面把牛舌放到烤肉網上一面回憶往事。他想起自己從前常和猿渡邊吃飯邊抱怨公司。

他沉浸在懷念的氣氛中，喝了口啤酒。

「欸，你還記得嗎？我們仍是新人時的事。」像這樣喝酒聊回憶，或許就是上了年紀的證據吧。阮面露苦笑。「你和前輩打架，把他打到送醫。」

猿渡一面咀嚼一面點頭：「這麼一提，是有這麼回事。」

猿渡的口吻像是早已忘得一乾二淨，但那可是件大事。

「當時你被整得很慘啊。」

公司的新人研習結束以後，阮和猿渡被分發到同一個部門，負責教育新人的前輩們頭一個盯上的就是狂妄的新進員工猿渡。

然而，猿渡很優秀，態度雖然蠻橫，工作能力卻很強，因此備受上司器重。才華洋溢的金牌新人是大家嫉妒的對象。

出頭鳥總是容易挨打，壞心且性格扭曲的前輩們開始惡整猿渡，要求他無謂地加班，獨獨不通知他參加歡迎會（雖然阮覺得就算通知了，猿渡也不會參加），在他出任務時報警，甚至在他桌上的杯子裡下了未達致死量的毒。這些霸凌方式很有殺人承包公司的特色。

換作一般人，大概早就崩潰了，但猿渡擁有鋼鐵般的意志力，並未向任何霸凌屈服，只以一句「蠢斃了」帶過，完全不當一回事。出任務被報警時，他華麗地脫困；喝下含毒的飲料後，他依然生龍活虎。

然而，饒是猿渡也有忍無可忍的一天。他原本就不是有耐心的人，先前只是懶得理會那些前輩而已。

有一次，猿渡和負責指導他的前輩搭檔執行某個任務，而前輩居然捏造猿渡並未犯下的失誤，謊稱猿渡搞砸了工作。

面對這種情況，猿渡的怒氣終於爆發。

當時的事，阮至今仍記得一清二楚。被上司質問時，猿渡激動地表示：『咱怎麼可能出這種錯！』並亂踹桌椅、垃圾桶和附近的公司用品出氣。見到他暴跳如雷的模樣，辦公室裡的員工無不顫慄，整層樓的空氣都凍結。

不僅如此，猿渡直接爬上桌子，跳桌移動，衝向在座位上悠然工作的前輩，抓住他的後襟，把他從椅子上拉起來，騎到他的身上痛毆一頓。

『快說實話，混蛋！』

面對一臉凶神惡煞地逼問自己的猿渡，前輩淚眼婆娑地招出自己的惡行。

前輩重傷送醫，住院兩個月才痊癒，後來直接離職，跳槽到其他組織。在猿渡進公司之前，這個前輩是部門的王牌，也是一名幹練的員工，沒想到竟會以這種方式收場。

從那一天開始，對猿渡的霸凌戛然而止。每個人都對猿渡心懷畏懼，不敢靠近。猿渡就這麼成為 Murder Inc. 東京總部的孤傲王牌，君臨整個公司。

「當時我還在想：『我居然跟這麼恐怖的傢伙分到同一個部門？』嚇得半死！」

如今事過境遷，阮才能把這件事當成笑談。

剛進公司時，阮認為在新進同事之中，他絕不可能與猿渡交好，萬萬沒想到現在竟會像這樣一起喝酒。第一印象還真是靠不住。

「……當時是咱年紀輕，太過衝動。」

「是嗎？」阮抖動肩膀笑著。他倒覺得，即使現在又陷入同樣的狀況，這個男人還是會做同樣的事。

阮一面享用烤好的肝連，一面詢問猿渡的近況。

「當自由殺手的感覺如何？」

「忒輕鬆。」

「就算心情很輕鬆，一個人幹這一行還是很辛苦吧？」

猿渡邊嚼肉邊回答：

「不會哪，有顧問幫忙。」

「顧問？」

「殺手顧問。和委託人的生意也全都是交給那傢伙談。」

原來還有這種行業？阮完全不知道。「那很好啊，很方便。」阮笑道。

同時，阮也覺得很新鮮。猿渡如此厭惡繁瑣的人際關係，居然有生意搭檔？而且還把生意都交給那個人打理。能把這個男人治得服服貼貼，那個殺手顧問的手腕應該挺高明的。

猿渡喝一口消了氣的可樂，把話題轉到阮身上。

「那你咧？聽說公司現在一團亂？」

「沒錯！」

阮大聲說道。他滿肚子都是關於公司的苦水。

「有風聲說最近可能會大規模裁員，所以不少人辭職，自立門戶。」

「啊？」猿渡歪頭納悶。「人手已經不夠了，幹嘛裁員？」

「哦，這是因為……」阮說明：「現在公司正在上演接班人之爭，革新派和保守派各執己見。」

阮又加點一杯啤酒，繼續抱怨：

「革新派的人想要改變公司目前的做法，他們主張留下少數精銳員工，發展更有賺頭的事業。」

若是革新派主導公司，Murder Inc. 大多數員工都會被炒魷魚——這樣的風聲在公司內散播開來，員工紛紛趁現在另找工作或自立門戶。

慢性人手不足的狀況更加惡化，負責挖角人才的部門也因此變得忙碌不堪。

「猿～」事到如今，只能使用眼淚攻勢了。「拜託你回來嘛～」

如果這個男人肯回來，不知對公司有多大的幫助。

「咱說過不要了吧？」然而，這招對猿渡無效。「咱不會離開福岡的。」

「那就當福岡分部的員工——」

「不是這個問題。」

提議遭一口否決，阮垂下了肩膀。這個男人還是一樣難纏。

猿渡的性子原本就不適合當上班族，後來又為了追求更刺激的工作而離開 Murder Inc.，回到素有暗殺業激戰區的福岡。他這麼做，是為了和「殺手殺手」這類高手交手。

「——這麼一提，你遇上『殺手殺手』了嗎？」

阮突然提起這個話題。

「嗯。」猿渡點頭。「咱跟仁和加武士交過手了。」

「真的假的？」阮吃驚地瞪大眼睛。

仁和加武士——阮聽過他的傳聞。戴著仁和加面具，手持日本刀戰鬥，是福岡最強的「殺手殺手」。沒有人看過他的廬山真面目，是個都市傳說般的人物。

——猿渡跟仁和加武士交過手？

阮探出身子，雙眼閃閃發光地問：「他是個什麼樣的人？」

「這個嘛……」猿渡一面回憶一面回答：「個子忒高，大概有一百八。」

「還有呢？」

「看起來瘦瘦的，不過體格其實不賴，力氣也不小。」

「哦？」

「腳程也忒快。」

「哦！」

「有時會衝著咱跑來。」

「……唔？」

——有時會衝著人跑來？

猿渡無視歪頭納悶的阮，繼續說道：「本來以為他是巧打型的，但有時候也會揮大棒，這種時候最棘手，要是被打中就糟了。咱也栽過一次跟斗。」

仁和加武士究竟是什麼人物？阮試著從猿渡的話語拼湊仁和加武士的形象。戴著仁和加面具，一面猛揮日本刀（有時會）一面衝著人跑來，體格其實還不賴的男人——真是詭異。

「還有，守備也忒堅固。」猿渡談論仁和加武士時顯得神采飛揚。「動作挺靈活的。」

「聽起來很厲害啊……」

到頭來，阮依然不明白仁和加武士是什麼樣的人，卻能夠隱約感受到他的過人之處。被譽為福岡最強，似乎不是浪得虛名。

「哎，最後還是敗在咱的右臂之下。」

猿渡得意洋洋地說道。

「哦！」

阮不禁佩服。不愧是東京總部的前任王牌，居然單手就打贏仁和加武士。

「不過，哎，他也算是個好選手。」

「……選手？」

聞言，阮再度歪頭納悶。

在櫃檯辦完延長住宿手續，並交代別打掃房間之後，林和小百合離開飯店。

到目前為止，計畫進行得很順利。全都是託小百合的福。

林和小百合意猶未盡，決定一起舉杯慶祝。他們前往中洲的某家小百合常去的居酒屋。那是一間夫妻共同經營的小店，建築物相當老舊，散發彷彿即將倒閉的寂寥氣息，但是店內意外地熱鬧。

他們點了兩人份的牛雜鍋和幾道料理，並點了兩杯生啤酒。

「乾杯！」

兩人互碰彼此手中的中型啤酒杯後，喝了一口酒。

「哎，妳真的幫了我大忙，謝謝。」林高聲慰勞小百合。「妳果然很厲害。」不愧是成功暗殺華九會會長的女人，手腕十分高明。

「呵呵。」小百合回以高雅的笑容。「我才要謝謝你呢，很久沒這麼開心了。」

過一會兒，餐點送上來。桌面中央擺著瓦斯爐和大鍋子，一點火便飄來令人食指大動的香味。

兩人隔著博多鄉土料理談天說地，聊著喜歡的服飾、使用的化妝品等等，氣氛意外地熱絡。在酒精助興之下，他們話匣子大開，有聊不完的話題。小百合似乎也喜歡看連續劇，林便和她一起討論正在追的戀愛連續劇。她還教了林保養頭髮及指甲的方法，並介紹擅長修繕磨損鞋跟的鞋匠給林。對於林而言，能夠談論這些話題的對象非常可貴。

不久，話題轉為共通的朋友。

「……妳和馬場到底是什麼關係啊？」

林拿著啤酒詢問。

林一直對此相當好奇。小百合來訪事務所時曾經稍微提過這件事，但當時馬場半途攪局，林沒機會問個清楚。

小百合說她是馬場的前女友，又說有人委託她殺掉馬場。他們到底是什麼關係？

「你不等本人親口跟你說嗎？」小百合反問。

「跟他沒關係，我是想多了解妳。」

這樣就沒話說了吧？林露齒而笑。小百合瞇起眼睛望著他，似乎願意透露了。

「你們以前交往過吧？」

「他大概是這麼想的。」

「什麼意思？」林的興致全來了，探出身子詢問：「妳不這麼想嗎？」

小百合微微一笑，又點一杯酒。這個女人酒量似乎很好。待燒酒送上來之後，她才開口說道：

「先前我說過吧？有人委託我殺掉善治。」

「嗯。」林點了點頭。「可是他還活著。」

「對，因為我沒殺他。實際上我接到的委託並不是要殺死他，而是要讓他『生不如死』。」

「是誰委託妳的？」

「善治的師父。」

哦？林叫道：「原來他有師父？」

林從未聽過這件事。

「善治當時跟著師父修行。他的師父花了三年左右的時間，才把他培育成獨當一面的殺手。」

小百合露出苦笑。

「但傷腦筋的是，第一次殺人以後，善治整個人變了。」

馬場現在雖然變得穩重許多，但聽說年輕時是個浪蕩子，時常去夜店花天酒地，女人一個換過一個。從他現在的模樣實在難以想像。

「身處敵人隨時可能暗中接近的立場，卻成天拈花惹草，實在太缺乏警戒心，對吧？他的師父很生氣，說他沒有身為殺手的自覺，要我讓他嘗嘗苦頭。」

師父為了給花天酒地的馬場一點教訓，便派小百合這名刺客到馬場身邊。正是所謂的桃色陷阱，是小百合的看家本領。

小百合不動聲色地接近馬場，馬場一下子就上鉤。聽說他是一見鍾情。

兩人交往一陣子，馬場動了真情以後，小百合便無情地完成任務。她在被求婚的當天用安眠藥迷昏馬場，將他綁起來，自揭身分，威脅要殺了他。聽聞事實的時候，馬場露出面臨世界末日般的表情。

「這應該算是一種震撼教育吧？」小百合聳了聳肩說。

這麼一提，林想起來了。

『當時我真的大受打擊……被最愛的人背叛，令我再也無法相信女人。就算想和別人交往，也會忍不住懷疑對方是否會背叛我。所以，從那時候以來，我就不再拈花惹草。』

——從前馬場曾說過這番話。

「……效果很強啊。」

打從心底深愛的女人其實是來索命的殺手，而且在求婚當天差點被她殺掉。這件事想必成了馬場的心理創傷吧，林有點同情他。

「那傢伙對妳是認真的啊。」

「說起來對他有點過意不去。」

「哎，他是自作自受。」林嗤之以鼻。

追根究柢，是馬場不該成天拈花惹草，觸怒師父。再說，他如此輕易上了小百合的當，自己也有問題。他的確缺乏身為殺手的自覺，太沒有警戒心。

不過，對手是這種等級的女人，也難怪他暈船——林如此暗想。今大和小百合共度一天，林深深體會到她的魅力。小百合是個很棒的女人，工作能力強，又溫柔體貼，難怪馬場會愛上她。

「——那妳呢？」

林賊笑著詢問。

「什麼？」

「妳喜歡他嗎？」

小百合沉默一會兒之後——

「……嗯，是啊。」她答得很含糊。「雖然愛不愛他另當別論。」

接著，小百合環顧四周說道：

「其實這家店是第一次約會的時候，善治帶我來的。」

「啊？」林瞪大眼睛。「第一次約會居然選在這種寒酸的居酒屋？」

他不小心說得太大聲，但願店員沒聽見。

居然帶小百合這樣的女人來這種店。一般人應該會選擇更時髦的餐廳吧？真有馬場的風格，林不禁笑了。

「哎，不過這家店的料理很好吃。」

這家店雖然簡陋，牛雜鍋卻是絕品。或許馬場也是出於一番好意，想讓小百合品嘗美味的博多料理。

「他這一點很可愛，我很喜歡。」

說著，小百合瞇起眼睛。這樣的她讓林忍不住怦然心動。

——原來如此，這就是成年人的性感魅力啊？

林總算明白次郎說的話是什麼意思。

四局下

馬場洗完澡後，走在老舊的長廊上，用毛巾胡亂擦拭潮濕的頭髮。

今天已是來到這個家的第四個晚上。玄海島上的訓練進行得很順利。

除了綿綿細雨聲以外，夜裡都很安靜。這是在這個島上度過的最後一個夜晚，明天早上馬場就會離開。

走了一會兒，正鷹的身影出現在走廊前方。他坐在簷廊上，望向外頭獨自晚酌，身邊擺著黑色的燒酒瓶。

「嗨，善治，你洗好啦？」正鷹望著馬場，舉起酒杯。「陪我喝一杯吧。」

馬場知道絕對不是一杯就能了事，但又不能拒絕師父勸的酒，只好不情不願地在正鷹身旁盤腿坐下。

「醫生沒交代您不能喝酒嗎？」

正鷹故意裝蒜，歪頭說道：「這個嘛，我不記得了。」

「正鷹叔。」

馬場帶著規勸之意加強語氣，但正鷹依然故我，一口駁斥馬場的叮嚀：

「有什麼關係？」

真是的，讓人這麼擔心。

面對不聽規勸的師父，馬場啼笑皆非地嘆一口氣。

「病情如果惡化，到時候痛苦的可是您自己。」

「那樣也好。」

正鷹抖動喉嚨呵呵笑著：

「我殺了那麼多人，是該死得痛苦點。」

馬場無言以對，閉上嘴巴，默默接過酒杯。正鷹在他的酒杯裡倒了黑霧島燒酒。

馬場將視線轉向外頭。小雨依然持續下著，淋濕庭院裡的樹木，也淋濕家庭菜園裡的蔬菜。抬頭仰望天空，月亮和星星都躲在雨雲後頭，今晚的景色實在稱不上美麗。

「好懷念啊。」正鷹開口，「從前我們兩個也常這樣一起喝酒。」

「我總是被您灌醉。」

馬場陪千杯不醉的正鷹喝酒，因此醉倒好幾次。

「哈哈哈，是啊。」正鷹捧腹大笑。「哎呀，你的酒量變好了。」

接著，他凝望遠方，似乎在回憶往事。

「你說要拜我為師的時候，我本來以為你一定會半途而廢……真虧你撐得過來。」

正鷹的修行非常嚴酷，無論是肉體上，或是精神上。被要求在寒冬裡游泳時，馬場以為自己必死無疑。雖然拜正鷹為師是出於馬場自己的意願，但當時的苦日子真的讓他滿腦子都是逃走的念頭。

「老實說，我有好幾次都覺得自己不該來。」馬場面露苦笑。

他們互相替對方的空杯添酒。

「我是故意對你那麼嚴格的。當時你劈頭就要我教你殺人的方法，我認為你把殺人看得太簡單。我那麼做只是出於想把前途無量的年輕人導回正途的父母心。」

「少騙人。」馬場側眼瞪著正鷹。「我知道您和老爹打賭。」

正鷹和源造針對馬場會完成修行還是半途逃走打賭，源造賭的是完成修行，正鷹賭的是半途逃走。

「您是因為不想賭輸才對我嚴格的吧？」

「幹嘛說得那麼難聽？我是那種小鼻子小眼睛的人嗎？我真的是出於好意——」

「是、是～」

馬場隨口敷衍，一口氣喝乾了燒酒。

正鷹又繼續談論往事。

「你頭一次殺人的時候真是一團糟。」

那是不愉快的回憶。馬場皺起眉頭。

「……請別提這件事。」

當時馬場是個不成熟的殺手。

拜師學藝三年後，馬場出師的時刻到來。正鷹交給他的第一份工作是暗殺某個男人。

正鷹交代他「穿著黑衣去」，理由是對方的血濺到身上時較不顯眼。正鷹當殺手的時候，同樣戴著仁和加面具、穿著黑色和服便裝工作，也因此有了博多最強的殺手殺手「仁和加武士」之譽。

馬場原本打算照著正鷹的吩咐做，但是穿著和服便裝行動不便，因此他改穿黑西裝，以第二代仁和加武士之姿執行頭一個任務。

「……我本來以為可以輕易地殺掉目標。」

實際上，工作本身很簡單。

對手只是普通的流氓，還來不及抵抗，就死在馬場的刀下。

問題在那之後。

「那時候我精神上還很脆弱。」

流氓是壞人，該從社會上消失，就算殺掉也無所謂——馬場如此告訴自己，用正鷹給他的日本刀刺入目標的心臟。

然而，從那天開始，馬場便惡夢不斷。

只要一躺在床上、閉上眼睛，那個流氓就會出現在夢中，佇立於馬場面前，胸膛上的傷口淌著鮮血。雙眼無神的男人猶如夢囈般喃喃說著「我要殺你了、我要殺了你」，撲向馬場，雙手勒住他的脖子，試圖殺了他。馬場想抵抗，但就像被鬼壓床似地動彈不得。他喘不過氣，痛苦掙扎，在斷氣的一瞬間猛然醒來。

即使對方是壞人，依然無法改變自己殺人的事實。這種罪惡感在無意識間化為惡夢，侵蝕馬場的心。

「那陣子我很怕一個人睡……」

「所以每天晚上都和女人上床？」正鷹嗤之以鼻。「被你玩弄的小姐們真可憐。」

這句話踩到馬場的痛處。當時他有點自暴自棄，害怕那個惡夢而不敢睡覺，只想找個人陪自己一起度過夜晚。只要能夠分散注意力，對方是誰都無所謂。

「……我也被玩弄了呀。」

馬場嘟起嘴巴喃喃說道。

「你該不會……」正鷹窺探馬場的臉龐，「還在記恨那時候的事吧？」

那當然。馬場瞪著身旁的男人說：

「那還用說？那件事對我造成很大的傷害……」

心上人居然是正鷹派來的。那件事在馬場心中留下深刻的傷痕，忘也忘不了。

然而正鷹完全不覺得自己有錯，甚至還做賊的喊捉賊。

「追根究柢，是你自己不好。」

「就算是這樣，也不必用那種卑鄙的手段呀！」馬場不悅地嘟起嘴巴：「玩弄我的純情。」

「什麼純情？每晚都玩不一樣的女人，還真有臉說。」

馬場無言以對。

「你對那個女人……」正鷹面露賊笑，用調侃的語氣說：「該不會是認真的吧？」

「……」

聞言，馬場撇開視線。

夾雜著嘆息的笑聲傳入耳中。

「你真好騙啊。」

「……囉唆。」

馬場喃喃說道，一口氣喝光了酒。

「當時的你太缺乏身為殺手的自覺。」

正鷹繼續說教。

「我是在教導你，讓你知道殺手夜夜花天酒地會有什麼下場。」

「是、是～」

有時，馬場會忍不住暗想。

若是和她結婚、建立家庭，自己的人生會變得如何？

或許自己會為了女人金盆洗手，放棄報仇，為家人而活，獲得平凡的幸福，步向和現在截然不同的人生。

不過，那只是一場夢。

正鷹設下的圈套讓馬場清醒了。

他深切體會到殺手不可能，也不能夠獲得平凡的幸福。

自此以後，馬場不再流連夜店，也不再拈花惹草。因為他不再向人尋求慰藉。

相對地，馬場開設一間偵探事務所。他希望能夠盡一己之力幫助他人，藉此消弭罪惡感。殺人是工作，自己是殺手不是劊子手——他替自己劃清界線。

他還成立業餘棒球隊，招募同樣從事地下工作的隊員。透過和朋友一起享受熱愛的棒球，維持精神上的健全，這樣他才能夠繼續從事這一行。

然而，這樣的生活即將告終。

「……欸，善治。」

正鷹的語調突然改變。

「什麼事？」

「差不多該告訴我了吧。」正鷹側眼看著馬場，臉上是前所未有的認真表情。「你回到這裡的理由。」

「……」

「有什麼隱情吧？」

這件事不能不說。馬場默默點頭，放下酒杯。

他從房裡的行李中拿出仁和加面具和日本刀，放在正鷹跟前。

「我是來歸還這些東西。」

這兩樣東西都是正鷹在修行結束的那一天傳給他的。

「什麼意思？」

「明天那傢伙就要出獄了。」

馬場低聲說道。

「你說的那傢伙該不會是……」

馬場對瞪大眼睛的正鷹點了點頭。

所以——他繼續說道：

「這是我最後一次殺人。」

完成這件事以後，自己不會再以仁和加武士或普通殺手的身分工作——馬場坦白說出他的打算。

正鷹沉默不語。

片刻過後，正鷹微微地點頭。

「……是嗎？你不幹了啊。」

「我覺得殺死那傢伙後，我就無法繼續殺人。雖然這麼做違背我之前的承諾……」

馬場感到很抱歉。他尚未還清正鷹的栽培之恩，已經做好挨罵的心理準備。

然而——

「不，沒關係。」

正鷹搖了搖頭。

「這是你的人生，你愛怎麼做就怎麼做吧。」

「……謝謝。」

當初說要拜師學藝的是馬場。他曾答應正鷹，繼承來日無多的仁和加武士衣缽。

然而，自己竟因為一己之私食言。

即使如此，正鷹仍說這是他的人生，要他愛怎麼做就怎麼做，尊重他的決定。師父的寬宏大量令他感激不盡。

無言的時光持續片刻，只有雨聲響徹四周。兩人一面默默地凝視外頭一面喝酒。不久後，馬場放下酒杯。明天是重要的日子，不宜喝太多。

馬場起身說：「我該睡了。」

「——善治。」

正鷹低聲叫住他。

馬場停下腳步回過頭。正鷹用認真的眼神目不轉睛地凝視著他。

「你已經做好覺悟了嗎？」

正鷹的臉上浮現和那一天一樣的嚴肅表情。

這是個蠢問題。師父這句話令馬場納悶。為何這麼問？而且是在這種時候。

「現在才問這種問題？」馬場微微笑道：「覺悟早在十三年前就做好了。」

——自己就是為此成為殺手。

馬場背向正鷹，返回房間。

五局上

這是個相當開心的夜晚。

林與小百合出奇地氣味相投，離開居酒屋時，日期已經快改變。竟然和小百合把酒言歡到這麼晚，就連林自己也感到驚訝不已。

林和小百合在店門前道別，帶著些許醉意走在街頭。晚風吹著發燙的臉頰，感覺十分舒服。

林原本打算拜託榎田調查他們抓到的男人身分，不過應該改天再查也行。今晚他已經累了，只想快點回去睡覺，因而決定直接回家。

林通過博多站大廳，走出筑紫口。周圍仍有許多人，聚餐歸來的大學生和上班族團體四處喧鬧。

林循著平時的路，走向馬場偵探事務所。

途中，他突然停下腳步。

「——啊！」

林的視線停在某個男人身上。

男人彎過轉角，進入眼前的商務飯店。在男人走進飯店時，林瞥見他的側臉。

同時，過去的記憶重現於腦海中。

——那傢伙該不會是……

林認得那個男人。

他大吃一驚地瞪大雙眼。那個男人怎麼會出現在這裡？他不禁懷疑白己認錯人，但就算喝了酒，應該也不至於認錯特徵如此明顯的人。

林瞬間醉意全消。現在可不能在這裡磨磨蹭蹭，他立刻轉身叫了輛計程車。到頭來，他還是得折回中洲找榎田。

林立即撥打電話給榎田，榎田表示他現在依然待在那間網咖，林便要求他到大樓的一樓。

榎田一面克制呵欠，一面坐上蓋茲大樓的電梯。

當他在網咖的隔間裡補眠時，突然被一通電話吵醒。來電的人是林，以不容分說的強硬口吻表示有事要談，要他立刻下樓。

突然被呼叫，榎田不情不願地在一樓的咖啡廳等候，過了十幾分鐘後，林慌慌張張地現身了。

「……到底是怎麼回事？」榎田揉著眼睛詢問，「突然把我叫下來。」

林在榎田的對面坐下，說出來意。

「我抓到那個迷魂大盜了，這是那傢伙身上的東西。」

說著，林把裝著皮夾和手機的包包遞給榎田。

「指紋我也採好了，放在裡頭。」

「咦？」這件事並沒有緊急到必須大半夜裡把人吵醒的地步。聽了林的話語，榎田皺起眉頭。「就為了這個？這種事明天再說就好啦。」

榎田嘟起嘴巴。

「不，這是順便。」

林否認，並一本正經地切入正題。

「我發現一個麻煩。」

這句話稍微消除榎田的睡意。發生了什麼有趣的事嗎？榎田的表情倏地亮起來。

「什麼麻煩？」他探出身子問。

「我看到那傢伙。」
「那傢伙？」
「殺手，之前追殺齊藤的那個人。」
榎田回溯過去的記憶，「哦」了一聲。
追殺齊藤的人——應該是阮吧。
這麼一提，之前發生過這樣的事。榎田暗自竊笑。那是今年夏天博多祇園山笠祭時期發生的事，當時齊藤相當怨懟他。
「那個 Murder Inc. 的男人？」
「對。我看到那個男人出現在博多，走進商務飯店裡。」
「是來觀光的吧？」
「如果是來工作的該怎麼辦？」
林一臉嚴肅地繼續說道：
「或許他又來追殺齊藤。」
阮是 Murder Inc. 的員工，曾為了收拾離職員工齊藤來到福岡。當時，在榎田的安排下，他們找了個替死鬼，成功騙過阮。
林似乎認為他們的計謀穿幫了，阮是為了除掉齊藤，再度前來福岡。

「哦。」榎田面露賊笑，用調侃的語氣說：「原來你在擔心齊藤老弟啊。」

林聳了聳肩。

「你知道當時我費了多少力氣嗎？我在往小倉的電車裡跟那個男人大打出手，拚了命才保住齊藤。要是他被殺掉，我豈不是做白工？」

「是、是，知道了、知道了。」榎田點頭。不愧是殺手，步步為營啊。榎田面露苦笑說：「應該是你想太多，不過為了安全起見，我會探探對方的口風。」

「拜託你。」

事情辦完了，林起身打算離席。

榎田喝一口咖啡。

「對了，你知道嗎？」榎田突然想起一事，「豚骨拉麵團好像快解散了耶。」

「……啊？」

聽到榎田略帶誇大的話語，林停下動作，啞然無語。

——豚骨拉麵團快解散了。

聞言，林不禁懷疑自己的耳朵，就著起身離席的姿勢愣住了。

「……啊？什麼跟什麼？」林再次坐下來。由於過度驚訝，他的聲音拉高八度。

「解散？我聽不懂你在說什麼。」

前幾天大家不是才剛一起練球嗎？雖然因為下雨而中止，但就和平時的練習一樣，完全沒有即將解散的氛圍。

但榎田現在居然說球隊要解散了，簡直是莫名其妙。

「昨天源伯說的，他說豚骨拉麵團要解散了。」

「喂喂，騙人的吧！」

說歸說，林不認為榎田會在這種事情撒謊。

「怎麼回事？解散的理由是什麼？」

林追問。

「馬場大哥不當殺手了。」

榎田若無其事地說道。

「……啊？」

什麼？林皺起眉頭。馬場不當殺手了？這個說法是從哪裡來的？

看見林的表情，榎田歪頭納悶。

「咦？你沒聽說嗎？馬場大哥不久以後就要金盆洗手。」

林完全沒聽說，沒有人向他提過。

簡直是莫名其妙。究竟發生什麼他不知道的事？林焦慮地咂一下舌頭。

「那傢伙為什麼不當殺手？」

「誰曉得？我也不清楚。源伯說是『幹勁問題』。」

「幹勁？」

林一頭霧水。什麼意思？他皺起眉頭。

榎田喝了口咖啡以後，詢問：「馬場大哥已經當了幾年的殺手？」

「他說是九年。」

前幾天他們才聊過這個話題。

「哎，當了這麼久的殺手，難免會失去幹勁嘛。普通人不也會離開長年工作的公司，轉換跑道嗎？或許馬場大哥是想換個不一樣的工作。」

「怎麼可能？」林一口駁斥榎田的話語。「我這份工作已經做了七年，從來沒動過這種念頭。」

「那是因為你的情況特殊。」榎田指著林的臉說道：「你從小就被培育成殺手，所以無法想像自己從事殺手以外的行業。」

面對榎田的犀利指摘，林不禁支吾起來。「不，哎……或許吧。」

確實如此，榎田說的不無道理。林完全無法想像自己在超商裡站收銀台的模樣。

林的身世特殊，小時候被人口販子買走，接受各種成為人肉兵器的教育和訓練，從未學過殺人以外的賺錢手段。

不過，倘若馬場並非如此呢？

林試著想像。如果馬場起初過的是和地下社會無緣的人生，在極為尋常的家庭裡長大，過著平凡的生活，卻在某一天突然被迫踏上殺手之路，或許他的心中始終存在「有朝一日要金盆洗手」的念頭。

一起生活一年，馬場從未顯露過這種跡象。不，或許只是林沒有察覺而已。在林眼中，馬場是個嘻皮笑臉、悠悠哉哉的棒球痴。

或許我忽略了許多事——這樣的念頭閃過腦海。

「豚骨拉麵團原本就是在馬場大哥的號召下成立的球隊，是他提議找從事地下工作的人一起打棒球。你也知道吧？有很多普通的公司行號會成立業餘棒球隊，他就是學他們的。」

這麼一提，剛認識的時候，馬場說過「這份工作容易累積壓力」，並邀林加入球隊。其他隊員大概也都是這樣應邀入隊的。

話說回來——

「他不當殺手，不代表不打球啊。」

馬場打從心底熱愛棒球，練球的時候總是一臉開心。雖然林不願承認，但比賽中的馬場確實是英姿煥發，連外行人看了也覺得帥氣。無論是在守備中或是在休息區裡，他總是比任何人都更加大聲鼓舞隊友。他對於棒球向來認真，雖然有時候認真過了頭，但渾身都散發出熱愛棒球的氣息。

林不認為這樣的馬場會輕易捨棄棒球。

「那個棒球痴怎麼離得開棒球？」

「問題不在這裡。」

榎田再次指著林。

「馬場大哥不打棒球的情況確實無法想像，可是，業餘棒球隊又不是只有我們這一支。」

「……你想說什麼？」

「馬場大哥是個不拖泥帶水的人，如果要斷，就會斷得乾乾淨淨。要是他金盆洗手，應該會徹底切斷和地下社會的關係吧。」

「換句話說……」林皺起眉頭，「就是和我們斷絕關係？」

「沒錯。」榎田點頭。「和我們來往，只會給馬場大哥之後的生活製造麻煩。我也希望他能夠安穩過日子。他可以過隱居生活，加入一般人的球隊，和平地享受打棒球的樂趣。」

「……別開玩笑。」林齜牙咧嘴地反駁：「要是他退出，誰來守二壘啊？」

那個男人是豚骨拉麵團二壘手的不二人選，是重要的守備中線之一。不光是防守，他也是中心打者。在攻守兩方面，他都是球隊不可或缺的人物。

「再說，馬場是豚骨拉麵團的隊長耶。要是他離隊，球隊不就──」

「分崩離析。」榎田斬釘截鐵地說道：「因為有馬場大哥帶領，球隊才能撐到現在。該怎麼說呢？那個人有種天生的領袖氣質。」

榎田喝光所剩不多的咖啡，繼續說道：

「別的不說，大家都是在馬場大哥的遊說下加入球隊，要是他離開，就沒有繼續打業餘棒球的理由。大家的工作都很忙，無法單純因為喜歡棒球而繼續下去。是馬場大哥維繫了現在的隊員。」

這一點林也一樣。他是在馬場的強力遊說下開始打棒球，起先並不情願，最近卻逐漸樂在其中。

「馬場大哥的分量很重，要是他離開，球隊一定會失衡，或許就很難維持下去。」

屆時，豚骨拉麵團唯有解散一途。源造的話正是這個意思。

林雖然明白，卻無法接受。

「……這樣你能接受嗎？」

林詢問，榎田面露苦笑。

「我當然也不希望球隊解散，打棒球是我小時候的夢想。可是朋友要金盆洗手，總不能勉強他留下來吧？如果馬場大哥打算回到普通人的生活，我們該幫助他才對。你不這麼認為嗎？」

榎田詢問，林無法立即點頭。

和榎田道別後，林回到馬場偵探事務所。

一回到家，他立刻往沙發躺下。疲累感突然湧上來。今晚發生太多事了，他大大地嘆一口氣。

馬場今天依舊未歸，也沒有回電。真是的，他到底跑去哪裡鬼混？

林迷迷糊糊地望著天花板，回想榎田所說的一番話。

——馬場或許會金盆洗手。

林完全不知道馬場有這個打算，這對他而言是晴天霹靂。他無法和榎田一樣看得那麼開，難以接受。離開豚骨拉麵團？別開玩笑了。硬拉人入隊，自己卻一走了之？什麼跟什麼啊，別鬧了。

「……為什麼不跟我商量一下？」

林在空無一人的屋裡喃喃自語，微微咂了下舌頭。

不過，就算馬場和他商量，他也沒有挽留馬場的資格。如果馬場打算金盆洗手，他只能尊重馬場的意願。

一旦金盆洗手，馬場就只是個普通人。

到時，身為殺手的自己只會妨礙他的生活。

榎田說得沒錯，如果要讓馬場度過與地下社會沒有牽連的安穩生活——

「我是該搬出去……」林喃喃說道。

像自己這樣的人，不該待在這間事務所裡，不該待在金盆洗手的馬場身邊。

「啊，混蛋！真麻煩！」

林大叫，抓了抓腦袋。

繼續煩惱也無濟於事。等馬場回來以後打破砂鍋問到底，把一切弄個清楚明白就行了。

林如此下定決心以後，沉入夢鄉。

深夜一點半。今天是平日，客人不多，次郎提早打烊，走在中洲的街頭。河邊有許多攤販林立，次郎走向常去的那一攤。他決定喝一杯以後再回家。

「晚安，源伯。」

他從布簾之間探出頭，向攤車老闆打招呼。

「哦，次郎呀。」見到次郎，源造的眼尾皺起來。「辛苦了。」

除了次郎以外沒有其他客人。次郎嘆一口氣，往椅子坐下。

「平日果然很閒啊。」

縱使位於九州最大的鬧區，也不是天天都生意興隆，有些平日幾乎沒有客人上門，尤其是下雨天。

「真的。」源造也點頭附和。「哎，慢慢坐唄。」

「謝謝。」

「啤酒行麼？」

「好。源伯，要不要一起喝一杯？」

次郎接過啤酒瓶，將瓶口轉向對方。

「那就恭敬不如從命啦。」源造道了聲謝，拿起酒杯。

他們互相斟酒並乾杯。

次郎一口氣喝光了杯裡的酒，開懷地說：「啊！工作後來一杯的感覺最棒了。」

源造也點了點頭。「工作中來一杯的感覺也很棒。」

共飲片刻後，兩人都喝得醉醺醺的。他們邊聊天邊互相斟酒，打開第三瓶啤酒時，次郎已化為大發牢騷的醉漢。

次郎拄著臉頰嘀咕。

「……話說回來，養孩子真難啊。」

「你之前也說過同樣的話。」源造啼笑皆非地問：「又怎麼了？」

「……不瞞你說。」次郎深深嘆一口氣，說出自己的煩惱。「美紗紀居然說要自己一個人工作。」

聞言，源造大吃一驚。

「她還那麼小，就想自立門戶了？」

「不，不是那個意思。」

次郎說明了來龍去脈。他把前幾天發生在美紗紀和自己之間的事，一五一十地告訴源造。

「原來如此。」聽完次郎的說明，源造沉吟道：「換句話說，美紗紀是想證明自己也有工作能力，好獲得你的肯定。」

「嗯，是啊……」

「可是，你還不想讓美紗紀獨力工作？」

「對啊。」次郎垂下眉毛哀嘆，「所以我才傷腦筋。」

「嗯……你們倆的心情我都能懂。」

這是個複雜的問題，沒有誰對誰錯。

次郎很想滿足美紗紀的要求，卻又不願意讓她以身犯險。該怎麼做才好？最近，他一直為了這個沒有答案的問題煩惱。

面對這樣的次郎——

「但美紗紀說的也有道理呀。」

源造盤起手臂，一面點頭一面說道：

「沒有任何一個職棒選手是長大以後才握球棒的唄？幾乎都是從小學就開始打棒球。」

「是啊，的確是這樣。」

「被觸身球砸到頭很危險、被自打球打到會受傷……做父母的當然會擔心這個、擔心那個，但不讓孩子站上打擊區試試看，孩子是成不了好打者的。」

聽了這番話，次郎倒抽一口氣。

先在我身邊學習工作的方法——次郎對美紗紀是這麼說的。雖然找了個冠冕堂皇的理由，但或許自己只是想就近監視美紗紀而已。

不希望孩子被觸身球砸到或因為自打球傷到腳，所以要孩子別進打擊區，在旁邊看自己打擊就好——這樣的教育方式怎麼可能培養出好選手？

「……是我太天真。」

次郎自我反省，源造繼續說道：

「小孩這種生物呀，要是完全不採納他們的意見，就會幹出不得了的事……搞不好哪天真的自立門戶，跟你搶生意呢。」

源造半開玩笑的話語讓次郎毛骨悚然。

「討厭，別嚇我行不行？」

次郎皺起眉頭，一口氣喝光了啤酒。

委託刑警重松比對指紋後，榎田循著林的情報來到博多站筑紫口旁的商務飯店，查探阮前來福岡的目的。

他事先入侵飯店的電腦，竊取訂房資訊。阮似乎住在這裡的五一三號室。

榎田立即走進飯店，搭乘電梯前往五樓，按下五一三號室的門鈴。

一個越南男人從房裡探出頭來。

「嗨！」

榎田舉手打招呼。

看見突然上門的不速之客，阮驚訝地瞪大眼睛。

「……榎田？你怎麼會來這裡？」

「老實說，我剛才在博多站附近看見你。」

「……啊？哦。」阮想起來了，點了點頭。「我和從前的同事一起吃飯。」

「我看你走進這家飯店，就來找你玩。」榎田露齒而笑。

「哎，進來吧，沒什麼可以招待你就是了。」

在阮的邀請下，榎田踏入房裡。這是一間狹窄的單人房。榎田坐在椅子上，阮則是盤腿坐在床上。

「找我有什麼事？」

阮詢問，榎田搖了搖頭。

「沒什麼事。」

這是謊言。如果沒事，他才不會跑來這種地方。

不過，榎田不能亮出自己的底牌。他不能讓對方察覺自己和齊藤的關係，必須不動聲色地套出對方的情報。

「只是覺得像你這種 Murder Inc. 總部的員工特地跑來福岡很稀奇，是不是發生什麼有趣的事？」

聞言，阮面露苦笑。

「情報販子就是好奇心太強，才會活不久。」

「我也這麼覺得。不過，遇上不知道的事，我一定要弄個清楚才肯罷休。」

「真是充滿工作熱忱。」

榎田並未透露自己的目的，但還是說動了阮。

「好吧。」阮鬆口了。「你之前幫我不少忙，這次就破例跟你說。」

「好耶。」

「不過，算你欠我一次人情。」

「ＯＫ。」

阮立刻從包包裡拿出檔案夾，裡頭夾著印有「僅供內部使用」文字的資料。

「瞧，就是這個。」

他把檔案夾遞給榎田。榎田打開觀看，只見裡頭是某個男人的詳細資料。男人名叫別所暎太郎，資料裡鉅細靡遺地記載他的出身背景、經歷及家人姓名，還附上凶神惡煞的大頭照。

「這次我追蹤的就是這傢伙。」

「他是什麼來頭？」

「我們公司的離職員工。」

阮回答，並繼續說道：

「話說回來，我並沒有直接見過他。聽說他是福岡分部的優秀員工，可是十三年前不知道為什麼，突然不來上班；後來殺了人，現在在監獄裡服刑。」

榎田一面瀏覽資料，一面點頭附和：「哦。」這是個令人興味盎然的話題。

「他快出獄了，所以公司派我來這裡。」

「要殺了他？」

這就是這個叫阮的男人的工作。他必須消滅所有不利於公司的人，就像以前盯上齊藤時那樣。

「在逼他招供之後。」阮補充，「為什麼突然逃離公司？為什麼犯下殺人罪？被捕的時候說了多少公司的事？要問他的問題堆積如山。」

「你說他殺了人，是什麼案子？」

榎田詢問，阮指著資料說道：「裡面有當時的新聞報導。」

榎田翻閱資料，找到了報導。那是舊報紙的影本，上頭刊登別所暎太郎十三年前犯下的殺人案，標題是「福岡一名男性遇刺，無業男子被捕」。

榎田瀏覽報導。

福岡縣警依強盜殺人及侵入住宅罪嫌逮捕了居無定所的無業男子別所暎太郎（28）。

報導始於這段文字。

「——啊！」

閱讀內文的途中，榎田瞪大眼睛。

上頭有個熟悉的名字。

他一臉愕然地喃喃說道：「這該不會是……」

「嗯？」見了榎田看到報導以後的反應，阮歪頭納悶。「怎麼了？」

榎田又重新瀏覽報導一次，心中越來越篤定。

錯不了。

這是「那個人」的報導。

「欸，有件事想拜託你。」這是意料之外的收穫。榎田立刻對阮說：「這篇報導可以借我一下嗎？」

五局下

隔天早上，馬場離開正鷹家。

馬場抱著行李，在玄關低頭致意：「謝謝您的照顧。」

屋主笑道：「以後別再來了。」

馬場回以苦笑，前往港口。他在售票機購買船票，搭上六點二十分的船。

今天天候依然不佳，風浪很大，渡輪在博多灣前進，不時劇烈搖晃，和去程時一樣，花了三十五分鐘才回到博多碼頭。

當馬場踏上博多灣岸廣場的渡輪站時，有張熟面孔在等著他。

「——呀，重松大哥。」馬場叫道。

身穿西裝的重松站在渡輪站的出入口。

「嗨。」重松發現馬場，舉起手來。他似乎是來迎接馬場的。「手機打不通，我找了你好久。」

「抱歉、抱歉，我關機了。」

經重松一說，馬場才想起來。他打開關機許久的手機，發現好幾通未接來電，幾乎都是林和重松打來的。

「話說回來，你怎麼知道我在這裡？」

重松得意洋洋地挺起胸膛。

「聽說你出遠門，我猜你大概是去正鷹家，應該會搭今天這個時間的船回來，所以在這裡堵人。」

「不愧是刑警。」

「真是的。」重松聳了聳肩。「我聯絡不上你，一直在煩惱該怎麼把這個東西交給你。」

重松從包包裡拿出一個紙袋。

「拿去。」他遞給馬場。「是你拜託我的東西。」

「謝啦，重松大哥。」馬場接過袋子道謝。「費了不少工夫唄？」

「這下子我也加入壞警察的行列。」

「你本來就是了唄？」

馬場調侃，重松戳了戳馬場的肩膀。「囉唆。」

馬場不經意地看了手錶一眼。已經過了七點半，時間所剩不多。

「我該走了。」他喃喃說道。「謝謝你的幫忙，重松大哥。」

「下回記得請客啊。」

聞言，馬場付諸一笑，轉過身去。

「——馬場。」

突然被叫住，馬場停下腳步，轉過頭來，只見重松筆直地凝視著自己。

重松的表情相當凝重。

「怎麼了？露出那麼可怕的表情。」

「……沒什麼。」重松搖了搖頭。「小心點。」

馬場默默地背過身，揚手回應。

和重松道別後，馬場離開灣岸廣場，橫越道路走進眼前的立體停車場。

他立即去迎接愛車。Mini Cooper 正忠心耿耿地等待主人回來。他坐進駕駛座，打開重松給他的紙袋。

裡頭是一把折疊式求生刀，黑色的刀刃上刻著史密斯威森的標誌，裝在透明塑膠袋裡密封著。這是十三年前的案子使用的凶器，被警方扣押的證物。

刀子上有黑色的血跡，是父親的血。

過去的記憶頓時重現。自己的哭喊聲，全身的痛楚與顫抖，男人俯視自己的冷酷雙眼，以及身體被這把刀子貫穿、痛苦流血的父親——十三年前的光景鮮明地閃過腦海。

一想起當時的感覺，憤怒便逐漸侵蝕他的心，身體也開始發熱，彷彿全身的血液都沸騰起來。

馬場抓了抓頭髮，反覆深呼吸，讓自己的心平靜下來。

現在還不是讓憤怒控制自己的時候。

「……我走了，爸。」

馬場對著刀子喃喃自語，發動愛車。

——終於。

這個日子終於到來——殺了那個男人的日子。

馬場克制急切的心情，踩下油門。

阮開著出租車前往位於外縣市的監獄。在衛星導航的指引下行駛三十分鐘以後，周圍的景色由都會轉變為鄉村，牆壁環繞的素色建築物映入眼簾。

監獄有種特殊的氛圍，封閉且散發一股壓迫感。阮忍不住暗想，自己有一天也會被關進這種地方嗎？

阮把車子停在離建築物有段距離的路肩，監視著出入口。現在的時間是早上八點前，根據公司提供的情報，別所馬上就會現身。

阮繼續在車子裡守株待兔。他揉了揉惺忪的雙眼，克制呵欠。昨晚很晚才和榎田見面，因此他有點睡眠不足。

不久後，男人現身，確實是別所沒錯。他朝著這個方向走來。

阮下了車。

乘隙攻擊，打昏對方，用車子載走——這就是阮的計畫。他在四下無人的地方持槍埋伏，等待別所到來。

目標接近了，就是現在。

阮立即採取行動。他衝出死角，朝著對方的後腦杓舉起槍來。

「——別動。」

阮厲聲說道，別所倏地停下腳步。

「你是別所暎太郎吧？」

根本用不著問。雖然髮型和公司給阮的照片不同，現在剃成平頭，但五官和十三年前幾乎一模一樣。或許是因為在監獄裡過著規律的生活，他看起來很年輕，一點也不像四十幾歲的人。

別所緩緩地舉起雙手。

他開口問道。

「你是誰？」

「你應該很清楚吧？」

別所似乎心裡有數，喃喃說道：「……公司派來的啊。」

「就是這麼回事，要請你跟我走一趟了。」

然而，對方並未乖乖從命。

「抱歉，我不能在這裡被抓。」別所依然高舉雙手，用不像是被槍口指著的沉穩語氣說：「我還有事要做。」

「哈！誰管你那麼多？」

阮一笑置之。下一瞬間——別所迅速地回過頭來，抓住阮的手臂，對著手掌使出膝擊，企圖奪槍。阮也反抓對方的手臂，兩人扭打成一團。

阮原本打算和平解決這件事，但現在打消了念頭。既然對方想來硬的，他也不會手下留情。

阮用另一隻手朝對方的臉孔揮拳，擊中了臉頰，別所晃了一晃，抓著阮的手也因此鬆開來。

阮甩開別所的手臂，再度舉起槍。

「別反抗，乖乖聽話。」

然而，別所依然繼續抵抗。他迅速重整陣腳，朝著阮的手槍使出迴旋踢。手槍因為這道衝擊而離手，滾落地面。

別所攻向手無寸鐵的阮。面對接連揮拳的對手，阮也空手應戰。

雖然已經不當殺手許久，但別所畢竟曾是 Murder Inc. 的員工，而且據說相當優秀。事隔十三年，他的本領似乎並未擱下，攻擊強而有力，精準朝著要害襲來，只要稍微反應不及，便可能造成致命傷。

太小看他了——阮咂了下舌頭。

必須速戰速決才行。

阮用手刀格開對手的拳頭，轉守為攻。他看穿別所的攻擊節奏，乘隙抓住手臂，用力一扭，並用行雲流水般的動作繞到背後，以手臂勒住對方的脖子。

「嗚，呃！」

阮用前臂使勁壓迫喉結，別所發出痛苦的呻吟，不斷掙扎，試圖逃離阮的手臂。

兩人因為別所的掙扎而失去平衡，一起倒向地面。別所試圖爬行逃走，阮從上方壓制他，前臂更加使力。

——隨後，眉間有股冰冷的感覺。

視野邊緣可看見槍口，是阮的槍。

雖然被勒住脖子，但別所撿起阮的槍，槍口對準阮。

他是什麼時候撿槍的？阮瞪大眼睛。

——難道他是為了撿槍才故意倒地？

不妙——阮倒抽一口氣。他在別所扣下扳機前鬆開手臂，立刻拉開距離。

阮一放手，別所立刻轉身就跑，似乎打算逃之夭夭。

「站住，混蛋——」

阮想追上去，然而槍聲響起，他反射性地壓低身子。別所邊跑邊對著他開槍。

別所連開數槍威嚇，阮藏身於電線桿後，躲避子彈。

槍聲止息時，別所已經消失無蹤。

「……混蛋！」

獨自留在原地的阮咂了下舌頭。

計畫失敗。

阮回到車上，暫且離開監獄。

他太過大意，居然讓別所逃跑。不愧是有「工匠」之譽的男人，即使受到攻擊也十分冷靜，沒有絲毫多餘的動作。看來自己這份工作會十分吃力。

必須快點追上別所。不過，阮可沒打算像隻無頭蒼蠅般四處打轉。他有辦法查出目標的下落。他一面開車一面拿出手機，打電話給熟識的情報販子。

『喂～？』

對方立刻接聽。

「我要向你討人情啦。」

阮說明來意。幸好昨晚做了個人情給他——阮暗自竊笑。

『要我做什麼？』

「替我找出別所暎太郎的下落。」

『……咦？你讓他逃掉啦？』

「囉唆。」

阮咂一下舌頭，榎田樂不可支地笑了。『哈哈！』

「辦得到嗎？」

『當然，易如反掌。只要從手機的訊號鎖定現在位置就好。GPS萬歲～』

「別所可沒有手機啊。」

根據公司調查的資料，以別所的名義簽約的手機在他被捕之後隨即解約。阮不認為剛出獄的人會有其他手機。

『不是別所暎太郎的手機。』

榎田說道：

『有個人會去找別所，我是要透過那個人的手機追蹤。』

——有人會去找別所？誰？別所的家人嗎？

阮歪頭納悶。

『哎，包在我身上。』榎田得意洋洋地說：『我馬上幫你查出來。』

離開長年服刑的監獄，正要前往那個地方時，別所遇上某個男人的奇襲。

對方是個長得不像日本人的亞裔男子。雖然是生面孔，但別所心裡有數，想必是從前公司派來的殺手。背叛公司的員工必會遭到肅清，別所早已做好覺悟。

不過，他不能束手就擒。

他還有事要做。

過去，身為殺手的他向來能完美達成客戶的要求。他的工作成效受到肯定，因此能獲取高額報酬。在他心中，一直懷有身為職業殺手的驕傲。

然而，唯有一件工作，他未能達成客戶的要求。半途而廢的委託，十三年前沒有完成的暗殺。在完成那件工作之前，他不能被擒。

與男人交手過後，別所成功逃亡，立即招了輛計程車前往福岡市內。

隨著目的地接近，從前的記憶逐漸復甦。他依稀記得自己在十三年前來過這裡，經過這條路。

兩層樓老公寓仍在原地，維持著昔日樣貌。

別所下了計程車，前往目的住家，位於一樓右邊角落的住戶。門沒有鎖，別所悄悄打開門，一面留意別發出聲音一面侵入屋內。

見到眼前的光景，別所睜大眼睛。

——屋內空無一物。

沒有人，也沒有半樣家具和家電。兩房兩廳都是空的。

別所未脫鞋便走進屋裡，茫然呆立於客廳中央。

啊，原來如此——他點了點頭。

這裡已經……

「——這裡已經沒人住了。」

突然有人出聲，別所猛然回過頭。

是個男人。

有人站在客廳入口，從聲音判斷，似乎是個年輕男人，但在沒有燈光的昏暗屋內看不清他的面孔。

「公寓不久後也會拆除。」

「嗯，看來如此。」別所點了點頭，詢問對方：「你是誰？」

男人沒有回答，反而問道：「你覺得我是誰？」

「大概猜得出來。」

又是 Murder Inc. 的員工嗎？別所聳了聳肩。好不容易甩掉一個，原來除了那個男人以外還有其他刺客。公司真是滴水不漏。

「話說回來，你怎麼知道我的位置？」

「我收買監獄官，在你的衣服裝上發訊器。」

原來如此——別所兀自沉吟。他倒是沒發現。

「日本的監獄也是有錢就能疏通啊？簡直和美國一樣。」

眼睛終於適應黑暗，別所目不轉睛地觀察對面的男人。他總覺得對方有點眼熟，不知長得像誰。

「……我以前見過你嗎？」

對方不答反問：「你來這裡做啥？」

「你問這個做什麼？」

「總不會是在這麼多年以後，」男人的聲音帶有嘲弄。「跑來向家屬謝罪唄？」

「與你無關。」

「當然有關。」對方的聲音聽似平靜，但顯然壓抑著怒氣。「你是來找這個家的人唄？」

男人凝視著別所，繼續說道：

「所以，我主動來找你了。」

聞言，別所猛然醒悟。

這個家——十三年前，自己攻擊的男人有個高中生兒子。他未能成功殺掉的孩子。

「難道你是……當時的小鬼？」

別所完全沒發現。經過十三年，對方的長相改變許多，體格也比當時高大很多，簡直判若兩人。十三年前他只是個瘦弱的小孩。

「主動來找你，好殺了你。」

男人一步一步緩緩靠近。

他手上握著一把刀。別所對那漆黑且精巧的樣式有印象，和自己從前使用的刀子十分相似。

原來是這麼一回事。別所揚起嘴角說：

「你是來為父報仇的？真感人。」

對方主動找上門來正好，省去他找人的工夫。

看來自己終於能夠完成那天未竟的工作。

「這十三年來，你大概一直恨著我吧。」別所把手伸進懷裡，握住偷來的槍。「我會立刻幫你解脫。」

六局上

到了早上，依然不見馬場的身影。從他的行李分量判斷，林原本以為馬場差不多該回來了，但今天仍舊音訊全無。

些許不祥的預感在林的心中發酵。林皺起眉頭心想，那傢伙該不會已經死在某個地方吧。從事他們這一行的人，隨時可能遭受敵人襲擊。林不認為馬場會失手，但是這麼多天音訊全無，他不能置之不理。

還是找找看吧。林拿出智慧型手機。既然聯絡不上馬場，只能使用其他手段。

在林正要撥打電話的時候，手機震動起來。有人來電。

是榎田。

林切換為通話，把手機放到耳邊。「喂？」

『我有話要跟你說。』

「……連招呼也不打？」林面露苦笑。「哎，算了，正好我也有事要找你。」

林要請榎田幫忙調查馬場的下落，這通電話來得正是時候。

「你現在在哪裡？」

『我正要去博多，我們在車站會合吧。』

「嗯，好。」

『十五分鐘後，在地下鐵驗票閘門前的咖啡廳見面。』

「了解。」

電話掛斷，林連忙整裝離開事務所。

今天的福岡依然天氣不佳，下著大雨。他撐著傘，小跑步前往博多站。

林從車站大廳走到地下，朝約定地點前進。榎田已經在指定的咖啡廳裡，坐在小巧整潔的咖啡廳深處的雙人座上，正在享用三明治。

林在收銀台點了杯熱咖啡後，在榎田的對面坐下來。

「抱歉，讓你久等。」

榎田吞下食物說道：「你拜託我的那件事和齊藤老弟無關。」

「真的？」

林拜託榎田打聽 Murder Inc. 的刺客有何目的，而榎田一如往常，效率絕佳。

「嗯，他這次是來追殺別人的。」

「這樣啊。」

林鬆一口氣。這下子可以暫時安心。

「所以你要說的就是這件事？」

「不。」榎田搖了搖頭。「接下來才是正題。」

說著，他從包包裡拿出一張紙。

那是新聞報導的影本，標題是「福岡一名男性遇刺，無業男子被捕」。

「你看看內容。」

在榎田的催促下，林瀏覽報導的內文。

福岡縣警依強盜殺人及侵入住宅罪嫌逮捕了居無定所的無業男子別所暎太郎（28）。

別所嫌疑人於本月三日晚間八點半左右，闖入居住於福岡市內的馬場一善先生家中搶劫財物。除毆打臉部以外，還以刀子刺傷馬場先生，企圖殺人，並對放學回家的馬場先生長子拳腳相向。

馬場先生腹部中刀，在傷重昏迷的狀態下送醫，數小時後確認死亡。長子也受到顱骨骨折等重傷，估計需數個月才能痊癒，目前仍在住院治療中。

別所嫌疑人供稱自己不認識馬場先生，「我威脅他把錢拿出來，他出手反抗，扭打的時候不小心刺傷了他」，否認有殺人意圖。

讀到這裡，林猛然醒悟。

馬場一善──和馬場的父親同名。

「這該不會是……」

林喃喃說道，再次瀏覽報導。數字的「一」，善惡的「善」，KAZUYOSHI──正如馬場所言，錯不了。

林從報導中抬起頭來，將視線移向榎田。

「喂，這不是馬場的爸爸嗎？」

「沒錯。」榎田點頭。「這個『長子』就是馬場大哥。」

林瞥了報導一眼問道：「這篇報導是真的嗎？」

「我不喜歡挖親朋好友的舊事，不過我調查過了，這篇報導的內容是事實，十三年前確實發生過這起案子。」

林再度把視線移向報導。強盜，殺人，刀子，拳腳相向，傷重昏迷，死亡──怵目驚心的文字並排著。

林毫不知情，沒想到馬場有過這樣的遭遇。

「原來他爸是被強盜殺掉的……」

從馬場的口吻，林隱約猜到他的父親已經不在人世，但沒想到是因為遇上強盜。

「那可不是普通的強盜。」榎田揚起嘴角。

聽他這種意有所指的語氣，林皺起眉頭。「什麼意思？」

「你昨天發現的那個 Murder Inc. 刺客，其實不是衝著齊藤老弟，而是衝著這個人來的。」

說著，榎田指向報導中的「別所暎太郎」。

林猛然醒悟。「這麼說來，這個凶手和齊藤一樣——」

「是 Murder Inc. 的員工。」

這著實令人費解，林歪頭納悶說：

「殺人承包公司的殺手怎麼會幹強盜的勾當……」

「沒錯，這是個疑點。如果是一般人，還可能是因為辭掉工作以後手頭拮据，鋌而走險。」

「不可能啦。到頭來還是要殺人取財的話，一開始根本用不著辭掉工作。」

「是啊。」榎田也贊同這個論調。「再說，馬場大哥是和父親兩人一起住在公寓裡生活。我調查過住址，那是屋齡四十年的老公寓，風險和報酬未免太不成比例。要是我當強盜，肯定會挑看起來更富裕的家庭。」

「換句話說，他的目的不是錢？」

這不太可能是為了錢財犯案，搞不好凶手的目的打從一開始就是馬場的父親，而不巧在場的馬場也遭受池魚之殃——這個推測應該八九不離十。

確實如榎田所言，這不像是單純的強盜案。

「這個叫別所的傢伙現在在做什麼？」

「應該還在監獄裡服刑吧。Murder Inc. 派刺客過來，是因為這個男人最近就要出獄了。」

「你知道他什麼時候出獄嗎？」

「我沒問。要我調查看看嗎？」

此時，一個想法閃過林的腦海。

他回顧近來馬場令人費解的行動——聲稱要自我訓練，出門以後遲遲未歸，完全聯絡不上。

莫非和這件事有關？

或許，他現在正準備向這個叫別所的男人報仇。為了報殺父之仇，他自我鍛鍊，磨刀霍霍，迎接復仇之日的到來。

「對了，你說你也有事要找我，是什麼事？」

經榎田這麼一問，林才想起來。他原本打算請榎田調查馬場的下落。

「嗯，其實是——」

話說到一半，林又打住。

如果自己的推測正確無誤，馬場正要復仇呢？

或許不該打擾他——這樣的念頭突然浮現於腦海。若是因為自己攪局，妨礙馬場報仇，那可就過意不去。

不，林搖了搖頭。

「……不用了，忘了吧。」

等到馬場復仇結束歸來時，一如平時地迎接他——這才是自己的工作。

結果，林並未調查馬場的下落，就這麼和榎田道別。他搭乘電扶梯來到地面上，離開博多站。

外頭依然下著雨。林撐著傘，一面思考一面走向沒有馬場的偵探事務所。

剛才榎田的那番話似乎串起一切。倘若馬場正要清算過去，一切都說得通了。

馬場是為了報殺父之仇才成為殺手，一旦報了仇，他就沒有理由繼續當殺手，所以才打算退休。源造所說的幹勁問題，應該就是這個意思吧。

林避開積水，走在小巷中。雨勢越來越強，成了傾盆大雨，不久甚至開始打雷。天空中烏雲密布，四周猶如夜晚一般漆黑。

想著想著，不知不覺間，已經抵達事務所所在的大樓。

「啊！」

林忍不住叫道。

大樓前停著一輛車。紅色車身加上白色線條的 Mini Cooper ——是馬場的愛車，好一陣子沒看見了。

「搞什麼，那傢伙已經回來啦？」

林有些錯愕。本來還擔心馬場該不會死在某處，看來是自己杞人憂天。林聳了聳肩想，根本用不著找他嘛。

林收起傘，正要走上樓梯時，又倏地停下腳步。

「……這是什麼？」

——是血。

地板上有血跡。

全新的血跡隨著雨水弄濕的腳印，一路延伸至樓梯上。

「怎麼會有這種東西……？」

林低聲說道。發生了什麼事嗎？

林立刻循著血跡前進，上了二樓又繼續走向三樓。腳印和血跡都是通往三樓。

他心中忐忑不安。該不會——

樓梯前方有人的氣息。

——有人？

林一面警戒，一面放輕腳步，緩緩走上樓梯，窺探事務所入口。

「啊！」

那裡有個男人，是馬場。

「……搞什麼，原來是你啊。」

林解除警戒，鬆一口氣。

馬場佇立於事務所門前。他似乎察覺到林，緩緩回過頭來，把臉轉向林。

瞬間，難以置信的光景映入眼簾。

「咦？」

林驚訝地瞪大眼睛。

紅色液體正從馬場的身體滴落——是血。

「……喂，不會吧！」

那不是濺到身上的血。馬場的肚子插著一把刀，白色衣服的腹部一帶被血染得一片通紅。

仔細一看，他的手臂也受了傷，左上臂淌著紅色血滴；衣服上有個洞，帶有燒焦般的痕跡。是被槍打中的？

下一瞬間，馬場的身體傾斜。

「——喂、喂！」

馬場軟倒下來，倚在林的身上。

「馬場！」

林連忙扶住馬場，同時發現一件事。

馬場的身體十分冰冷。

他被雨淋成落湯雞，不只如此，臉上全無血色，身體也失去溫度。

「喂，振作點，馬場！」

任憑林如何大聲呼喚，都沒有回應。

馬場臉色蒼白，雙眼無神，幾乎已沒有意識。

「混蛋！」

雖然不知道發生什麼事，但是再這樣下去很危險。馬場受了重傷，失血過多必須輸血，密醫無法處理。林立刻打電話叫救護車。

「你可別死啊！白痴。」

林咂一下舌頭。

「振作點！馬場！」

林把手放在馬場毫無生氣的臉頰上，一再呼喚他的名字。

在博多站和林道別後，榎田進入附近的網咖。他窩在禁菸隔間裡，打開自己的筆記型電腦。

電子信箱收到一封新郵件，打開一看，寄件人是重松。『指紋是符合的。』除了這段簡短的字句以外，還附上比對結果。

這是林正在調查的迷魂大盜案。

警方掌握的被害人物品中，驗出了物主以外的指紋，榎田拜託重松動用刑警的關係，比對那個指紋與林監禁的男人指紋。

兩者完全符合，代表林抓住的男人確實是接連犯案的迷魂大盜。

林還拜託榎田調查男人的身分，榎田立即著手調查。

他在桌上一字排開犯人的私人物品：皮夾、名片盒和三支手機。

榎田首先查看皮夾。駕照和健保卡的名字是「石川良太」，但世上並沒有這號人物，姓名、出生年月日和戶籍地址都是假的。

名片盒裡裝著好幾款名片，職稱從律師、代書、證券公司到旅行社，應有盡有，想必是在女人面前冒充各種身分。

「簡直是江湖騙子。」榎田笑道。

最後剩下的是手機。榎田入侵手機公司的客戶資料庫，查詢三支手機的合約，發現合約簽訂人都不一樣。

上村康、中村愛子、別所航生，年齡、性別和住址也各不相同，大概是無法追蹤的人頭手機。和預付卡手機一樣，是犯罪者常用的手法。

其中一個名字引起榎田的注意。

「別所航生……？」

有兩支手機是最近剛申辦的，剩下一支的合約最早，號碼也一直沒變，合約簽訂人是名叫別所航生的男人。

「這個名字該不會是——」

這個名字有點眼熟。

這是當然。阮在商務飯店拿給榎田觀看的資料中有這個名字——是別所暎太郎的弟弟。

榎田匆匆敲打鍵盤。他在擁有管理員權限的公所職員電腦中植入病毒，透過該電腦入侵戶政系統，竊取資訊，確認別所航生的戶籍資料。果不其然，上頭也有別所暎太郎的名字。

證據確鑿。

被林所擒的迷魂大盜別所航生，以及馬場的殺父仇人——受刑人別所暎太郎。

說來真巧，這兩人居然是兄弟。

「……這下子可讓我挖到大新聞了。」

饒是榎田，也不禁大吃一驚。

他立刻打電話通知林，但對方並未接聽，或許正在忙。

沒辦法，直接拿給他吧。榎田把調查到的情報列印出來，一面整理資料一面操作電腦，從手機的ＧＰＳ追查林的現在位置。

電腦畫面顯示的地圖上有個閃爍的紅點。林現在位於市內的某家急救醫院裡。

「……急救醫院？」榎田歪頭納悶。「他跑去醫院做什麼？」

救護車是在五分鐘後抵達的。當時，馬場已經失去意識，心跳微弱，奄奄一息。

救護車一面鳴笛一面朝著市內的急救醫院疾駛而去。

林也坐上救護車，救護人員詢問了許多關於馬場的問題，舉凡出生年月日、血型、有無痼疾等等，但是林完全答不出來。

躺在擔架床上的馬場被送進手術室，「手術中」的紅燈隨即亮起。在送往手術室的路上，馬場依然沒有回應護理師們的呼喚。

林在手術室前來回踱步。他不知如何是好又坐不住，只能重複這種無意義的動作。

又過了一個小時，手術仍在進行，而且絲毫感覺不到結束的跡象。看來會是一場持久戰。

此時——

「林！」

背後突然傳來呼喚，回頭一看是重松。他臉色大變地跑向林。

「馬場——」

重松的額頭上滿是汗水，大概是接到林的通知就立刻趕過來。他調整呼吸之後，開口問道：

「馬場的情況怎麼樣？」

熟人到場，讓林稍微冷靜下來。

「嗯。」他吁一口氣，點了點頭說明狀況。「現在還在動手術，醫生說他的狀態非常危險。」

「到底發生什麼事？」

「我不知道。」林搖了搖頭。「我回到事務所時，馬場就在那兒，渾身是血，沒有意識……」

林不知道馬場發生什麼事，不過他可以確定馬場是被人打傷的。

「他身上有槍傷，醫院可能會報警，所以我覺得必須先通知你。」

「嗯，我明白。警察那邊我會疏通，放心吧。」重松點了點頭。「馬場被射中哪裡？」

「手臂。但比起槍傷，刀傷更嚴重。他的肚子中刀，流了很多血。」

聞言，重松的臉色倏地變了。「……是哪種刀？」

「很常見的求生刀，握柄是黑色的，從大小判斷，刃長應該不到十公分……不過刀子完全刺進他的肚子裡，所以我不確定確切的長度。」

重松倒抽一口氣，在走廊上的長椅坐下來，抱住腦袋。

「居然會變成這樣……」

重松的樣子不太對勁，林窺探他的臉龐問道：「喂，怎麼了？」

「……我早就有不祥的預感。」

重松吐了口氣，垂下頭來。

「……是我的錯。」他用沉重的聲音喃喃說道：「要是我阻止他，就不會發生這種事……」

「喂，什麼意思？」重松到底在說什麼？林皺起眉頭。「你知道什麼嗎？」

林急切地追問，重松啞著嗓子回答：

「你說的刀子，八成是我交給馬場的那一把。」

林更加一頭霧水。究竟是怎麼一回事？他皺起眉頭。

重松依然抱著頭沉默不語，林在他的身邊坐下來。

「重松。」他輕聲對面色凝重的重松說道：「告訴我。」

馬場到底發生什麼事？

就算知道了，或許自己也使不上力。除了在這裡祈禱手術成功以外，林幫不上馬場任何忙。

即使如此，林還是想知道。

「拜託你。」林用堅定的口吻說。「關於那傢伙，把你知道的一切全告訴我。」

重松依然不發一語。

短暫的沉默過後，他喃喃說道：

「……別跟馬場說是我告訴你的。」

如此叮嚀之後，重松總算鬆口。

「一切都是始於那件案子。……我和那小子也是在案發當晚相識的——」

手術中
SUSPENDED
GAME

後記

常常有人誤會，其實本作並不是「人口百分之三是殺手的城市」設定，而是「殺手多到有這種傳聞的城市」之意。雖然聽起來大同小異，但其實危險的不只有福岡，基本上，全國所有都道府縣與世界各國都很危險。故事中常有外縣市或外國殺手登場或是發生國際案件，就是因為這個緣故。這大概是因為我自己曾差點被捲入犯罪之中，以及聽人說過關於地下社會的真實故事，受其影響，因而產生「這個世界其實很危險」、「處處都有犯罪」的世界觀吧。

本作當然是虛構的，不過，在作品中登場的事件或地下組織通常是參考國內外的真實案例。雖然其中也有為了追求娛樂效果而誇大的部分，但無論是殺人承包公司或是洛斯艾薩斯，都有其原型。

日本是個相對安全的國家，但還是每天會發生刑案，殺人、搶劫、強姦和虐待其實就存在於我們身邊。多虧優秀的警察，我們才能安心生活，但是沒有人能夠保證我們一輩子都不會被捲入犯罪中。就算認為自己和這種世界無緣，也有可能在某一天突然遭受無妄之災。《博多豚骨拉麵團》雖然是一部虛構小說，但如果大家在享受這部娛樂作品的同時，也能在日常生活中增添些許防範意識：「或許自己身邊也存在這樣的世界。」身為作者的我會感到非常開心。

最後要告訴大家一個好消息。《博多豚骨拉麵團》漫畫版第二集同時發售了（註1）！而且已決定要改編成電視動畫！敬請大家多多期待！

多虧平時鼎力相助的兩位責編、插畫家一色箱老師、參與本作發行的所有人士以及替我加油的各位讀者朋友，我才能實現夢想，在此再度向大家致上深深的謝意。今後我也會抱持著對周圍的感謝及謙虛之心繼續努力，還請大家今後也多加關照。

木崎ちあき

◉註1：後記提及的均為日本出版資訊。

國家圖書館出版品預行編目資料

博多豚骨拉麵團 / 木崎ちあき作 ; 王靜怡譯 . --
初版 . -- 臺北市 : 臺灣角川 , 2018.03-
冊 ; 公分 . -- (角川輕 . 文學)

譯自 : 博多豚骨ラーメンズ
ISBN 978-957-564-115-3(第 3 冊 : 平裝). --
ISBN 978-957-564-277-8(第 4 冊 : 平裝). --
ISBN 978-957-564-461-1(第 5 冊 : 平裝). --
ISBN 978-957-564-598-4(第 6 冊 : 平裝). --
ISBN 978-957-564-722-3(第 7 冊 : 平裝)

861.57 107000885

輕文學 Light Literature

hakata tonkotsu ramens

博多豚骨拉麵團 7

原著名＊博多豚骨ラーメンズ 7

作　　者＊木崎ちあき
插　　畫＊一色 箱
譯　　者＊王靜怡

2019年1月19日　初版第1刷發行

發 行 人＊岩崎剛人
總 經 理＊楊淑媄
資深總監＊許嘉鴻
總 編 輯＊呂慧君
副 主 編＊溫佩蓉
美術設計＊吳佳昫
印　　務＊李明修（主任）、黎宇凡、潘尚琪

台灣角川

發 行 所＊台灣角川股份有限公司
地　　址＊105 台北市光復北路 11 巷 44 號 5 樓
電　　話＊（02）2747-2433
傳　　真＊（02）2747-2558
網　　址＊http://www.kadokawa.com.tw
劃撥帳戶＊台灣角川股份有限公司
劃撥帳號＊19487412
法律顧問＊有澤法律事務所
製　　版＊尚騰印刷事業有限公司
I S B N＊978-957-564-722-3

香港代理＊香港角川有限公司
地　　址＊香港新界葵涌興芳路 223 號新都會廣場第 2 座 17 樓 1701-02A 室
電　　話＊（852）3653-2888